KB128664

나는 사실 내 노총각, 홀로서기 중인 노무사였습니다

나는 사십 대 노총각, 홀로서기 중인 노무사입니다

사십 대 전문직 미혼남이 전하는 우리네 일상 이야기

초 판 1쇄 2024년 05월 10일

지은이 조영구
펴낸이 류종렬

펴낸곳 미다스북스
본부장 임종익
편집장 이다경
책임진행 김가영, 윤가희, 이예나, 안채원, 김요섭, 임인영, 임윤정

등록 2001년 3월 21일 제2001-000040호
주소 서울시 마포구 양화로 133 서교타워 711호
전화 02) 322-7802~3
팩스 02) 6007-1845
블로그 http://blog.naver.com/midasbooks
전자주소 midasbooks@hanmail.net
페이스북 https://www.facebook.com/midasbooks425
인스타그램 https://www.instagram/midasbooks

ISBN 979-11-6910-636-8 03810

값 18,500원

미다스북스는 다음세대에게 필요한 지혜와 교양을 생각합니다.

나는 사십 대 노총각,
홀로서기 중인 노무사입니다

조영구 지음

"사십 대 전문직 미혼남이 전하는
우리네 일상 이야기"

미다북스

혼자 사는 사람이 늘고 있다. 2022년 통계청 조사 기준으로 우리나라 1인 가구 수는 750만 여 호에 이른다. 전체 가구의 34.5%, 세 집 걸러 한 집 이상이 혼자 사는 집이다. 앞으로도 이런 추세는 더욱 확산될 것으로 보인다.

1인 가구 하면 생각나는 단어들이 있다. 우선 '외로움', '불안한 노후', '우울증'과 같은 어두운 말들이 떠오른다. 이와 반대로 '자유로움', '홀로서기', '해방감' 같은 기분 좋은 단어들도 생각난다. 그만큼 혼자 산다는 건 어둠과 밝음의 두 얼굴을 하고 있다.

인생의 절반 가까이를 혼자 살아 왔고, 지금도 혼자 살고 있는 저자의 삶 역시 양면성을 지니고 있다. 저자는 술은 '혼술'이 최고이고, 여행의 백미는 '나 홀로 여행'이라고 강변하면서도, '함께 하면 더 좋다.'는 솔직함도 드러낸다.

40대 초반 전문직 남성 종사자의 혼자 사는 삶은 어떤 맛일까. 맵고 짠 맛일까? 아니면 달달한 맛일까? 저자는 자신의 소소한 일상을 통해 독자들에게 그 맛을 보여준다. 책을 읽으면서 내 입맛에는 달콤쌉싸름하게 느껴졌다. 감칠맛이 있게 달면서도 간혹은 쓴 맛이 난다고나 할까?

이 책은 훔쳐보는 재미가 쏠쏠하다. 누구나 겪어봤음직한 일화를 접할 때는 '맞아, 맞아.'하며 무릎을 치게 되고, 혼자 사는 독거남의 애잔함이 느껴질 때는 절로 응원의 박수를 치게 된다. 나아가 대세로 자리 잡아 가고 있는 '혼삶'의 방향성에 대해서도 진지하게 생각해보게 한다.

'우리 영구 씨에게 소개해 줄 참한 여성 없을까?' 책장을 덮으면서 든 생각이다. 이것만으로도 저자는 이 책을 쓴 목적을 충분히 이룬 듯싶다.

— 작가 강원국

"나한테 딱 맞는 사람은 나밖에 없어, 싱글이 답이다!" 혼자 걷기, 혼자 쉬기, 혼자 먹기, 혼자 살기. 혼자가 좋은 파워 인플루언서 '영호'(이동욱).

"사실 혼자인 사람은 없잖아요." 혼자 썸타기, 나 홀로 그린 라이트. 유능한 출판사 편집장이지만 혼자는 싫은 '현진'(임 수정).

싱글 라이프를 담은 에세이 '싱글 인 더 시티' 시리즈의 작 가와 편집자로 만난 '영호'와 '현진'의 이야기를 다룬 2023 년 개봉 한국 영화 〈싱글 인 서울(Single In Seoul)〉 (Naver 영 화소개 중 발췌)

나도 '영호'처럼 혼자가 편한 싱글 라이프를 즐겼지만, 그 것은 순전히 나의 자발적인 선택이 아니었다. 이런저런 이유로 혼자인 기간이 길었고, 또 거기에 익숙해졌지만, 여전히 낯선 외로움에 울부짖는 외로운 늑대였다. 나는 유년 시절을 제외한 삼십여 년을 혼자 살고 있다. 나는 처자식도 없고, 직업도 자유로워서 언제든 지역을 옮겨서 일할 수도 있는데, 이것은 장점이자 단점으로 내가 아직 안정을 찾지 못한 이유이기도 하다.

　나의 어머니는 서른 후반에 과부가 되셨지만, 시어머니와 세 아들들을 건사하셨다. 천하의 여장부! 어떤 힘든 상황에서도 웃으시려고 노력하고, 남 앞에 섰으면 서지 뒤에 서고 싶지 않다고 늘 말씀하셨다. 존경하고 사랑하는 나의 어머니, 어머니의 아들로 태어난 것이 내 인생 최고의 행운이다. 어머니는 칠 남매 중 맏딸로 화목한 가정에서 따뜻하고 유복한 유년 시절을 보내셨다고 한다. 하지만 중매로 만난 아버지와 결혼한 후 고생을 많이 하셨다. 그런 모습을 보고 자라서인지 나는 결혼에 큰 관심이 없었다. 그래도 늘 연애는 하고 싶었고, 마흔이 되면서부터는 가정을 꾸려서 안정적인 인생을 살고 싶어졌다.

이 책은 이십 대 후반에서 사십 대 초반까지 약 15년간 저자가 경험한 싱글 라이프를 보여주고 있다. 홀로서기를 통해 바라본 사십 대 미혼남의 일상을 공유하고, 노무사란 직업 및 최신 노동 이슈를 소개하는 자전적 수필이다.

책에 나온 인물명은 모두 가명이고, 기억의 오류로 일부 사실과 다른 점이 있을 수 있다. 또한, 수필은 특정 사안이나 인물에 대한 저자의 주관적인 생각을 쓴 글이고, 이 책에 나오는 글감은 비판의 대상이 아닌 배움의 대상으로 삼았다는 점을 강조하고 싶다. 특히, 제3부의 내용은 저자 개인의 법적 견해를 썼다는 점에서 해석상 이견이 있을 수 있음을 미리 밝혀 둔다. 따라서 개별 사건 또는 컨설팅 진행은 노무사 등 전문가와 상담하거나 별도의 위임계약을 체결해 진행하시길 바란다.

여러분 모두 2024년 한해 행복하시길 기원하며.

2024.4. 어느 봄날 저자 조영구

제1부 혼자서도 괜찮지만 함께하면 더 좋다

목
차

목차

혼자서도 괜찮지만

함께하면 더 좋다

1
김치볶음밥과 혼영

요즘은 혼밥, 혼영하는 사람들을 주변에서 흔하게 볼 수 있다. 하지만, 20년 전 대학교 학생 식당에서 혼자 밥을 먹으면 이상한 눈으로 보는 사람이 많았다. 신림동 고시촌에서는 그 당시에도 혼자 공부하고, 혼자 밥 먹는 사람들이 많아 지금과 별반 다를 바 없었지만 말이다.

나는 고등학생 때부터 지금까지 기숙사 생활, 고시원, 원룸, 아파트 및 오피스텔에서 자취생활을 해왔다. 그래서 혼자 밥 먹는 것이 익숙하고 또 편하다. 이삼십 대 때는 주로 집 근처 식당에서 김치찌개, 된장찌개, 김치볶음밥 등으로 간단히 때웠고, 가끔 집 밖에 나가기 귀찮으면 라면에 햇반을 말아서 한 끼 때우기도 했다.

라면은 면발과 매운맛이 일품인 신라면을 좋아하는데, 먼저 냄비에 적정량의 물과 대파, 그리고 스프를 넣고 팔팔 끓인 후 면을 넣고 중불로 1분 더 끓인다. 마지막으로 달걀을 넣고 불을 끄고 1분 후 사발에 덜어 먹으면 든든한 한 끼 식사로 손색이 없다. 조금 부족하다 싶을 땐, 국물에 찬 밥을 말아 먹으면 도파민이 팍팍 터져 행복을 느낄 수 있다.

하지만, 식당 밥이나 라면을 자주 먹으면 어느 순간 물리고 집밥 생각이 간절해지는 시기가 오는데 이른바 서른이 꺾일 즈음이다. 건강에 좋다는 음식을 찾게 되고, 밀키트를 피하게 되며, 집에서 직접 요리를 시작한다.

나의 요리에는 레퍼토리가 있다. 두부 된장찌개, 참치김치찌개, 만둣국, 어묵탕 등을 번갈아 가면서 국거리로 끓인다. 본가에서 보내온 엄마표 김치, 멸치볶음과 쥐포 무침은 삼첩반상으로 최고다.

밥은 햇반 빈 용기 한 그릇의 쌀을 전기밥솥에 안치면 세 끼 분량의 밥을 지을 수 있다. 한 끼는 즉석에서 먹고, 나머지 두 끼 분량은 소분(小分)해서 냉장고에 보관해 끼니때 전자레인지에 돌려 먹으면 편하다.

한편, 혼밥하는 사람이 갖춰야 할 기본양념은 된장, 고추

장, 김치, 참치, 김, 라면, 달걀, 파, (다진) 마늘 정도가 되겠다. 나의 혼밥 철학은 최대한 간단히 만들 수 있어야 하고, 단백질 섭취, 소분(小分) 보관해 여러 번 나눠 먹을 수 있도록 하는 것이다.

가끔 간식으로 부추전, 떡볶이, 군만두 등을 해서 먹기도 하고, 입맛이 없으면 김치볶음밥에 계란탕을 만들어 먹는다. 김치볶음밥은 김치를 잘게 잘라 볶은 후 밥과 참기름, 깨를 넣고 잘 볶아 예쁜 그릇에 담고, 그 위에 달걀 프라이를 올리는 것이 정석이다. 가끔 내가 만든 음식이 식당 요리보다 더 맛있다고 느낄 때도 있다.

대게 혼밥은 TV를 보거나 라디오를 들으면서 먹는데 저녁 시간에는 〈배철수의 음악캠프〉를 듣거나, 〈KBS 7시 뉴스〉를 주로 본다. 나는 핸드폰을 통화나 모바일뱅킹, 메시지를 주고받는 용도 외 별로 활용하지 않는다. 그래서 외부 식당에서 혼자 밥을 먹으면 식사 시간이 대체로 빠른 편이고, 음악을 들으면서 먹는다.

혼영은 머릿속이 복잡할 때나, 외로울 때, 심심할 때 하는 나의 취미생활이다. 조조나 심야를 활용해 보는 편이고, 커플이 많은 주말은 반드시 피해야 하며, 가끔 일이 없는 평일 오후 시간을 활용하면 10명도 안 되는 관객들과 유쾌한 정적을 느끼며 영화를 즐길 수 있다. 프롤로그에도 썼지만, 사실 이 책은 최근에 본 영화 임수정, 이동욱 주연의 〈싱글 인 서울(Single In Seoul)〉에서 영감을 받은 것이다.

혼영의 장점은 조용히 영화에만 집중할 수 있다는 점에 있다. 잡념이 사라지고 스크린에 나오는 배우와 함께 영화 속 배경으로 들어가 유체이탈(out-of-body experience)을 통한 휴식을 취할 수 있다.

나는 연기파 배우를 좋아한다. 물론 배우도 사람인지라 가정사, 개인사 등으로 평판이 안 좋은 분도 있지만, 나는 배우를 영화의 한 캐릭터로서 평가하고 영화를 본다. 좋아하는 한국 영화 배우로는 이병헌, 송강호, 김민희, 최우식, 김고은, 최민식, 이나영 등이 있고, 외국 영화 배우로는 레오나르도 디카프리오, 벤 애플렉, 잭 니콜슨, 맷 데이먼, 양조위, 류덕화, 탕웨이 등이 있다.

대학생 때 외장하드에 영화를 담아 주던 고마운 친구가 있었는데 주말이면 잭 니콜슨, 맷 데이먼, 로빈 윌리엄스, 톰 행크스, 톰 크루즈, 클린트 이스트우드 주연의 영화를 참 많이 봤다. 한번 시작하면 2~3편의 영화를 연속해서 보기 일쑤라 새벽에 눈이 충혈되고 머리가 멍해져서야 노트북을 닫고 잠이 들었다.

나는 특히, 잭 니콜슨 배우를 좋아하는데, 그가 주연한 주옥같은 작품 중에서 〈이보다 더 좋을 순 없다(원제: As Good As It Gets)〉는 나의 인생 영화이다. 그가 남긴 명대사 'You make me wanna be a better man.'은 내가 좋아하는 사람이 생겼을 때 가끔 인용하는 구절이다. 이 달콤하고 진심 어린 고백에 쓰러지지 않을 여성이 과연 몇이나 될까? 상대방을 좋아한다면 아마 그런 사람은 거의 없을 거라 확신한다.

2

술은 혼술이지 말입니다

혼술은 코로나19로 외부 활동과 단체모임에 제약이 생기면서 사회현상이 되었지만, 알코올중독에 이르는 대단히 위험한 버릇이다.

내가 혼술을 즐기게 된 시점은 2000년대 후반 서울에서 혼자 살면서부터다.

혼술은 일단 집이라 편하고, 누구 눈치를 보지 않아도 되며, 저렴하다는 장점이 있고, 먹다가 취하면 그냥 잠들면 된다. 그런데 이런 장점 때문에 혼술이 반복되면 본인도 모르게 습관이 되고, 먹지 않으면 잠이 안 오고 불안해지며, 결국 알코올중독에 이르게 된다. 돌이켜 보면, 나의 불안은 혼술이 원인이 된 측면이 있고, 최소한 불안장애를 더욱 악화시키지 않았나 생각한다. 외부에서 술을 마셔도 집에 들어오면 맥주 한 캔을 더 마셔야 양이 차고 취기가 전신에 퍼져 나른

해져야 잠들 수 있었다. 물론, 아침에 일어나서는 그 마지막 한 잔 때문에 심한 숙취로 고생하지만 말이다.

나의 혼술 컨셉은 편안한 분위기다. 조용한 음악을 틀어 놓고, 분위기를 잡기 위해 촛불을 준비한다. 안주로 간단히 만들 수 있는 군만두, 두부김치, 스낵 등을 준비하고, 이런저런 생각을 하며 머릿속을 정리하고 싶다는 욕구로 펜과 메모지를 준비한다. 나는 조용하고 감성적인 분위기의 술집을 선호하고, 따라서 그런 분위기를 만드는 데 포인트를 둔다.

내가 술을 끊기 전 마시던 혼술의 종류는 다양하다. 소주, 맥주, 위스키, 고량주, 하이볼, 와인, 막걸리 등 알코올이 들어가 있는 종류는 다 마셨다. 소주는 '참이슬 클래식(빨간색)'을 많이 마셨지만, 증류식 소주인 '화요 소주', '안동소주'도 즐겼다. 맥주는 '카스'를 마시거나 편의점 맥주 '칭다오', '하이네켄' 4캔에 만 원 묶음을 주로 마셨다.

위스키는 호불호가 있는 것은 아니라 누가 선물해 주면 그냥 마셨다. 고량주는 '공부가주', '연태고량주'를 좋아했다. 특유의 향과 맛, 그리고 높은 도수의 알코올에 술기운이 확 올라왔다 훅 사라져 숙취가 별로 없어 좋아했다. 하이볼, 와인,

막걸리는 그날 기분에 따라 마시지만, 와인은 레드 와인(red-wine)을 더 좋아했고, 막걸리는 '서울 장수막걸리', '지평生막걸리'를 마셨다. '해창 막걸리'는 도수가 높고, 걸쭉한 것이 특징인데 좀 비싸서 자주 먹지는 못했다.

비가 오는 날이면 술이 더 생각나는데 파전이나 부추전에 막걸리는 찰떡궁합이다. 한편, 막걸리는 누리끼리한 양은 잔에 마시면 막걸리 맛이 나지만 와인잔에 마시면 화이트 와인(white-wine) 맛이 난다. 플레이팅(plating) 즉, 어디에 담느냐에 따라 맛이 달라지는 것이다. 본질도 중요하지만, 형식도 중요하다. 막걸리 자체의 맛도 중요하지만, 어떤 잔에 담기느냐에 따라 그 맛과 가치가 달라진다. 그래서 전통주는 별도의 잔을 딸려서 판매하기도 하는 것 같다.

'나'라는 사람도 '같은 나'지만 어떻게 마케팅하느냐, 어떤 옷을 입느냐, 어떤 자리에 있느냐에 따라 위상이 달라진다.

한편, 혼술을 마실 때 유튜브를 보면 안 된다.

꼬리에 꼬리를 물고 영상 추천이 이어지기 때문에 멍하니 쳐다보다 보면 소주 한 병 마실 것을 두세 병 금방 마시게 되어 다음날 엄청 힘들다. 하남에 살 때 집 맞은편 음식점 낙지 볶음이 너무 맛있어 종종 포장해 집에서 저녁 겸 반주로 먹었다. 매콤한 맛이 소주와 잘 맞고, 맥주로 입가심하면 매운 맛도 덜하고 알딸딸한 기분을 느낄 수 있어서 참 좋았다. 딱 소주 1병, 맥주 1~2캔이면 적당한데, 술이 괜히 술이겠나? 절대 마음대로 안 되는 것이 술이요, 술술 넘어가서 술이란 말도 있지 않은가? 아쉬운 마음에 1층 편의점에 내려가 맥주와 과자 한두 개 집는다. 그리고 아침에 일어나 후회하며, 앞으로는 안 그러겠다고 다짐하고 또 다짐하지만, 결코 이루어질 수 없다. 나 같은 사람은 술을 자제할 능력이 부족하므로 반드시 술을 끊어야 한다.

혼술에는 배달 음식도 괜찮은데 배달 팁이 너무 올라 가끔은 미리 시켜 놓고 직접 가져오기도 했었다. 나는 프라이드치킨, 피자, 중국 음식(깐풍기, 탕수육 등)을 좋아한다. 치킨과 피자는 소맥에 어울리고, 중국 음식은 고량주가 제격이다. 광주에 살 때 신호 형과 둘이 원탁회의를 하면 소주 3~4병에 맥주 2캔 정도씩 마시면 딱 좋고, 안주로는 짬뽕에 군만두와 팔보채 조합이나, 활어회, 치킨 등도 자주 먹었다. 가끔 그 시절이 몹시 그리울 때가 있다.

3

캠핑과 나 홀로 여행

캠핑은 2010년대 중반에 시작했다.

삶이 너무 재미없고, 주말을 무의미하게 보내고 있는 것 같아 취미활동 거리를 찾던 중 우연히 네이버 카페 '중고나라'에서 캠핑용 장비 일체를 저렴하게 판매한다는 글을 보고 구매했다. 텐트, 타프(tarpaulin), 의자 세트, 테이블, 에어매트, 램프, 코펠, 버너, 불판 정도를 갖추고, 무료인 노지나 유료로 운영되는 야영장을 검색해 금요일 오후에 출발해 토요일 오전에 돌아오는 1박 2일 솔캠을 시작했다. 캠핑은 장비 외에도 캠프사이트와 야외에서 먹을 음식, 주류, 장작 등을 매번 추가로 준비해야 한다.

나의 캠핑 루틴을 간단히 설명하면 먼저 텐트와 타프를 치고, 짐을 정리한 후 장작불을 피운다. 불멍을 즐기다 보면 장작이 타고 남은 숯불에 바비큐를 해 먹고, 술과 음악에 취해

잠이 든다. 다음 날 새벽이슬에 깨면 모닝커피 한 잔 마신다. 그리고 난 후 해장으로 컵라면 한 사발 먹고, 청소 및 짐을 정리해 마무리한다.

캠핑의 꽃은 뭐니 뭐니 해도 불멍이다. 활활 타오르는 불을 쳐다보고 있으면 한없이 마음이 편안하다. 거기에 잔잔한 음악을 틀어 놓고, 슬슬 불이 사그라지면서 시뻘건 숯불이 만들어진다. 이때가 불판에 고기를 올릴 때다. 맛있는 직화 구이를 원한다면 기름이 많이 떨어지는 삼겹살보다 목살을 준비하는 편이 현명하다.

한편, 불멍에 있어서 장작의 상태는 대단히 중요하다. 마른 장작은 불쏘시개 없이도 활활 잘 타지만, 덜 마른 축축한 장작은 연기만 피울 뿐 잘 타지 않고 눈만 매워 때아닌 눈물 샤워를 각오해야 한다.

내가 자주 갔던 캠프사이트는 태안 안면도 야영장, 의왕 바라산 야영장, 광주 승촌보 야영장, 강진 청자촌 야영장, 장성 홍길동 테마파크 등이다. 지금은 캠핑 인구가 많아져서 훨씬 시설도 좋아졌고, 지역별로 검색해 보면 훌륭한 캠프사이트가 매우 많다.

머릿속이 시끄러울 때 조용히 자연의 향기를 마시고 장작 타는 소리에 힐링하며 불멍하고 싶다면 당장 솔캠을 시작하자.

하지만 캠핑은 혼자보다 2~3명 같이 가야 더 재밌는 것 같다. 텐트를 치거나 해체할 때도 혼자는 좀 힘들고, 야외에서 바비큐와 술을 마셔도 함께 잔을 부딪쳐야 훨씬 맛있다. 또 분위기 좋은 음악을 틀어 놓고 오손도손 얘기를 나누면 애정도, 우정도 더 깊어진다. 요즘은 장비를 챙기지 않아도 글램핑이나 카라반에서 자면 되니까 먹을 음식만 준비해 가면 자연과 가까이 하룻밤 보내기 쉬워졌다.

영채 형과 성계 형은 노무사 동기로 두 분 다 결혼해 슬하에 각각 2명의 자녀를 두고 있고, 모두 맞벌이 가정이다. 그래서인지 몰라도 집안일에 치여 가끔 집에서 벗어나 혼자만의 시간을 갖고 싶다는 얘기를 종종 한다. 캠핑은 그런 측면에서 좋은 외박의 핑계가 되어 우리는 1년에 한 번 1박 2일 캠핑을 통해 우정도 쌓고 스트레스도 풀고 있다.

캠핑을 시작한 초반에는 안면도, 강화도 등지에서 텐트를 치고 장작불에 불멍을 즐기고 나서 육군(고기)과 해군(해산물)

을 초청해 주(酒)님을 마셨다. 서로의 고민거리, 일과 인생을 논하다 보면 시간이 금방 지나간다. 보통 4시 정도 시작된 술판은 10시 매너 타임까지 계속되는데, 나는 '컨디션'을 미리 먹고 정신을 차리기 위해 안간힘을 쓴다. 하지만 쓸모없는 짓이다. 두 분이 워낙 주당이라 나는 거의 매번 만취해 쓰러졌다. 쯧쯧.

한편 성계 형이 안면도에서 텐트를 설치하다 디스크가 터져서 요즘은 간단히 카라반에서 야영을 즐긴다. 카라반은 침대에서 편히 잘 수 있고, 날씨 요정의 변덕과 상관없이 캠핑을 즐길 수 있다는 장점이 있다.

두 분 다 술과 담배를 좋아하는데 제발 몸 생각하셔서 하나라도 끊었으면 좋겠다. 힘든 시절 존재만으로도 나에게 큰 위로가 되어준 고마운 분들과 오랫동안 함께 하고 싶다.

나 홀로 여행은 혼자 놀기의 끝판왕이다.

모든 계획은 내가 정하기 나름이고, 일정을 상황에 따라 수시로 변동할 수 있다. 홀로 여행의 외로움을 최고치로 끌어올려 그 고독함을 안주 삼아 소주 한잔 털어 넣고 두 번 가글한 후 삼키면 혀끝을 감싼 알싸한 그 맛이 식도를 타고 위와 장을 거쳐 전신으로 퍼진다. 뇌는 여기에 즉각적으로 반응, 이성의 문을 활짝 열어 감성의 세계로 초대한다.

내가 찾았던 홀로 여행지는 양양, 강릉, 제주도, 부산, 거제도, 목포, 여수, 오사카(일본), 타이베이(타이완), 호치민과 달랏(베트남), 마닐라(필리핀), 족자카르타와 세마랑(인도네시아) 등이 있다. 그중 가장 기억에 남는 곳은 단연 인도네시아의 족자카르타와 세마랑이다. 노무사 시험을 최종 합격하고 2007년 12월 중순, 나는 NGO 단체가 후원하는 자원봉사 프로그램에 지원해 당시 쓰나미로 폐허가 된 인도네시아 재건 활동에 참여한 적이 있다. 우리나라에서는 나 혼자 참가했고, 미국인 남성 2명, 인도네시아 대학생 4명(여성 3명, 남성 1명)과 현지에서 홈스테이하면서 재건 활동, 교육봉사, 그리고 자유여행을 했다.

국민의 85%가 이슬람교를 믿는 인도네시아에서 알라신에 대한 신앙심과 '이둘아다(Id-ul-Adha)'라는 희생제 참관 경험이 특히 기억에 남는다. 실제로 제물로 바칠 소를 죽이는 장면과 이를 해체하는 광경에 나는 아연실색했다. 하지만 꼬마들과 동네 사람들에게는 매우 신성하고 즐거운 행사였다.

미국인 친구들, 인도네시아 대학생들과 2007년 12월 25

일, 크리스마스를 맞이해서 함께 음식을 요리해 먹었던 추억, 우기에 쏟아지는 스콜(squall), 족자카르타 여행에서 먹었던 맛있는 샤부샤부, 건초(乾草) 맛 깊은 담배, 한밤중 수영 등의 감흥은 지금도 생생하게 느껴진다.

멀리 떨어져서 보아야 오히려 더 잘 보이듯 여행을 떠나 나의 현재와 과거, 미래를 생각해 볼 시간이 우리에게 종종 필요하다. 타지 또는 타국 사람들의 생활을 보면서 나를 되돌아 보고, 나와 다른 그들의 생각을 듣고 다양성을 경험해야 시야를 넓힐 수 있다. 요즘 TV 여행 프로그램은 너무 먹방, 레저, 쇼핑 등에 치우쳐 있다는 느낌을 받는다. 여행이 그들의 삶과 문화, 역사를 함께 생각해 보는 계기가 될 수 있다면 인생에 있어서 더 값진 경험이 될 것이다.

작년 여름 답답한 일이 있어 양양 당일치기 여행을 다녀왔다. 오후 2시에 수원에서 출발해 5시경 낙산사에 도착했다. 해수관음상에 삼배(三拜)하고 목적지인 인구 해변으로 가서 친구가 추천해 준 '103번길'에서 시그니처 메뉴인 바비큐를 먹었다. 맛과 이색적인 분위기 모두 최고였다. 골목 이곳저

곳과 해변을 거닐다 밤 10시경에 다시 집으로 출발했다. 짧은 시간이었지만 바닷바람 쐬며 신선한 공기를 마셨더니 확실히 재충전이 된 느낌이 들었다. 집에 오는 내내 양양의 한 클럽에서 DJ가 불렀던 Gayle의 〈abcdefu〉를 흥얼댔다. 나중에 찾아보니 남친과 헤어지고 퍼붓는 욕설의 가사였다. 그래서 그렇게 시원했나 보다!

"Fuck you and your mom and your sister and your
job and your broke ass car and that shit you call art
Fuck you and your friends that I'll never see again
everybody but your dog…"

4

소개팅, 결혼사 그리고 중매 할머니

나는 키도 작고, 외모, 연봉, 학벌 등 여성들이 선호하는 부분에 대해 특별히 어필할 부분이 별로 없다. 그렇다고 유머러스하지도 않고 오히려 과묵한 편이라 주변 여성과 자연스럽게 연인으로 발전하기도 쉽지 않은 타입이다. 이런 내가 불쌍했는지 지인들로부터 꽤 많은 소개를 받았다.

소개팅은 서른 초반에서 중반까지가 가장 많이 들어왔고, 서른 후반부터는 급격히 횟수가 떨어지더니 마흔이 되자 지인을 통한 소개는 거의 들어오지 않았다. 그동안 소개받은 여성을 합치면 100명 이상은 되는데, 한 달에 한 명의 여성을 소개받았다고 가정하면 10년에 100명 정도 여성을 소개받은 셈이다. 박 대표님, 정 위원님, 조 변호사님, 영훈 형, 박 선생, 신호 형 등 소개팅을 주선해 주신 많은 분께 감사드린다. 하지만, 안타깝게도 소개팅의 성공률은 매우 낮았다. 내가 좋으면 상대방이 싫어하고, 나는 싫은데 상대방은 좋아하는 경우가 많았다.

일단, 소개팅이 들어오면 주선자에게 술을 한잔 사거나, 감사의 표현을 하시길 바란다.

이것은 동방예의지국의 후손으로 반드시 갖추어야 할 덕목이자, 더 많은 소개를 창출하는 유인책이다. 나는 삼십 대에는 어리석어 소개해 주신 분들께 무심했는데, 마흔에 들어서니 그것이 얼마나 힘들고 감사한 일인지 깨닫게 되었다.

소개팅은 상대방의 이름, 연락처, 직업, 사는 곳 정도의 기본정보만 받고 나머지는 직접 만나 대화하면서 알아간다. 경험상 연락처를 받았을 때는 간단한 인사와 함께 언제, 어디서 만날지 약속 시간과 장소를 정하는 정도로 연락하는 것이 좋다. 쓸데없이 뭐를 좋아하는지 등 미주알고주알 물어봐야 서로 어색하기만 할 뿐, 첫 만남 이후에 알아가도 늦지 않다. 전화 통화보다 문자가 더 괜찮은 것 같은데 통화 가능한 시간이 다를 수 있고, 카톡의 경우 친한 사이가 아니면 나에겐 좀 어색하다.

한편, 소개팅은 복불복(福不福)이다. 김태희가 울고 갈 정도의 미인이 나올 때도 있었지만, 아쉬운 외모의 여성도 있었고, 나도 그들에게는 그랬을 것이다. 주로 커피숍에서 만나 차 한잔 마시면서 간단히 자기 신상에 대해서 말하고, 비슷한 레퍼토리의 질문을 주고받는다. 좋아하는 음식은 뭔지, 고향이 어딘지, 취미가 뭔지, 여행을 좋아하는지, 최근에 재밌게 본 영화가 있는지, 좋아하는 배우가 누군지, 출퇴근 시간은 어떻게 되는지, 몇 시에 자고 몇 시에 일어나는지, 좋아하는 이상형, 혈액형(요즘은 MBTI) 등.

소개팅은 첫인상에서 거의 승부가 나므로 외모와 옷차림에 특별히 신경 써야 한다. 대충 청바지에 운동화를 신고 나가는 것은 대학생이나 이십 대가 아니라면 나이 먹고 할 짓이 아니다. 얼굴에 팩도 하고, 세미 정장에 깔끔한 느낌을 주는 옷을 입고, 머리에 왁스를 발라 잘 정돈하고 나가자. 나는 소개팅이 평상시 자신의 진솔한 모습을 보여 주는 자리라고 생각하고 나갔는데 그동안 만난 여성분에게 죄송한 마음을 금할 길이 없다.

약속 장소에 최소한 10분 전에는 도착해서 옷매무새도 다듬고 도착 문자를 보내야 한다. 여성보다 늦거나 시간을 딱 맞춰서 가면 뭔가 정신이 없어 허둥대고 실수하기 마련이다.

커피를 마시며 한 30분 정도 대화를 섞다 보면 서로 맞는지 안 맞는지 느낌이 온다. 서로 안 맞는다 싶으면 적당한 핑계를 대고 헤어지고, 대화가 재밌고 마음에 들면 2차로 자리를 옮겨 저녁을 먹거나 애프터 신청을 한다. 저녁은 여성들이 좋아하는 이탈리안 레스토랑, 초밥집 등 깔끔한 곳으로 가는 편이 좋고, 상대방이 술을 좋아한다면 일본식 선술집인 이자카야 등에 가서 가볍게 한잔 마시고 헤어지자. 첫 만남부터 과음해서 흐트러진 모습을 좋아할 여자는 거의 없으니 특별히 유의하자. 서로 첫눈에 반해 달콤한 하룻밤이 불가능하지는 않지만, 뒤끝이 좋았던 적은 없었다. 밥도 급하게 먹으면 체하는 법이다.

한편, 남성의 경우 상대방이 별로 마음에 안 들어도 가급적 애프터를 신청하는 편이다. 하지만, 이것은 상대가 마음에 들어서가 아니라는 사실을 여성은 알았으면 좋겠다. 남성의 유전자에 그렇게 새겨져 있기 때문이다.

지인을 통한 소개팅이 씨가 마르면 이제 소위 결정사(결혼정보회사)로 넘어가기도 한다. 마흔이 넘어가고, 코로나19까지 터지자 이제 지인을 통한 만남은 기대하기 어려웠다. 하지만, 결혼해서 안정된 가정을 꾸리고 싶다는 바람은 커져만 갔다. 그러던 중 우연히 길을 걷다 결혼정보회사 플래카드 (placard)를 보게 되었고, 나는 용기를 내 그 결혼정보회사에 직접 찾아가 상담을 받았다.

결혼정보회사에 가입하기 위해서는 웹상에서 본인의 프로필을 등록해야 하는데, 상대방에게 어필할 자기소개서를 잘 작성해야 나중에 적합한 상대방을 소개받을 확률을 높일 수 있다. 그리고 혼인관계증명서, 대학교 졸업증명서, 4대보험 가입증명원, 재직증명서 등을 회사에 제출해야 회원으로 받아 준다. 비용은 회사, 서비스의 내용 등에 따라 적게는 300만 원 전후, 많게는 1,000만 원 내외로 다양하다. 가입자격에 제한을 두고 있는데 나이, 재혼 여부, 만남 횟수, 직업, 재산 등에 따라 적당한 프로그램(가격)을 추천한다. 당시 내가 가입한 프로그램은 전문직에 해당해서 300만 원에 기본 5회 만남, 추가 3회 만남 보장이었다.

자체 프로그램으로 적합한 상대 프로필을 선정해 매니저가 남녀의 의사를 확인해 모두 동의하면 만남이 이뤄진다. 해당 만남은 연애 여부와 관계없이 주선 횟수에서 차감되고, 한 명이라도 상대의 프로필을 거절하면 만남은 이뤄지지 않고 매니저가 새로운 프로필을 찾아 같은 과정을 반복한다.

학력, 재산, 직업, 키, 몸무게, 사진, 혈액형, 가족관계 등이 포함된 프로필을 보고 결혼을 목적으로 만남 여부를 결정하므로 상당히 분위기가 무겁고, 일반 소개팅과는 느낌이 완전히 다르다.

나는 결혼정보회사의 시스템 운영 방식(매칭 매니저의 역할이 단지 소개 상대방을 선별해 추천하고, 서로 오케이 하면 미팅 일자와 장소를 통보해 주는 정도)이 별로 맘에 들지 않았고, 실제로 상대 여성이 나에게 호감이 있어서 나온 것인지 의문인 경우도 있었다.

총 8번의 만남 중 애프터 후 몇 차례 더 만난 여성도 있었지만, 전반적으로 만족도가 매우 낮았다. 그래서 누가 나에게 "결혼정보회사 어때요?"라고 묻는다면 그 돈 있으면 주변 지인들에게 맛있는 걸 사 주라고 조언하겠다. 결론적으로 나는 코로나19 고독 백신에 300만 원을 쓴 셈이고, 고가의 백신에도 효과는 매우 실망스러웠다.

나는 한 명의 중매 할머니를 알고 있다. 그분은 동기 형님의 소개로 알게 되었는데, 조그만 가게를 운영하시면서 부업으로 중매를 하시는 분이다.

중매 할머니를 통해 10명은 넘게 소개받았는데, 실제로 만나 보면 소개받은 내용과 많이 달라 당황스러울 때가 있었다. 아무래도 일단 만나게 해서 결혼이 성사돼야 수수료를 받을 수 있으므로 서로의 장점을 부풀리고, 단점은 숨기는 경향이 있었던 것 같다.

중매는 전문직으로 정년이 없고, 비용도 부르는 것이 값이다. 착수금은 없다고 했지만, 나는 한 명을 소개받으면 전화비 경비로 쓰시라고 5만 원을 보내 드렸다. 하지만 상대방과의 만남이 매우 실망스러운 경우는 심술이 나서 보내지 않았다. 성공보수는 기본 300~500만 원으로 책정되는데, 엿장수 맘이라 전문직, 교사, 부잣집 따님 등 혼처가 좋으면 조금 더 받는다고 했다.

내가 지금까지 소개받아 만났거나 연애한 여성에 대한 만족도를 기준으로 보자면 중매 할머니, 소개팅, 결혼정보회사 순으로 좋았다.

주변에 자만추(자연스런 만남 추구)를 고집하는 사람들이 있는데, 운명적인 만남도 물론 있을 수 있지만, 그것도 노력해야 확률을 높일 수 있다. 직장생활이나 동호회 등 사회생활을 통해 만날 수 있는 관계의 폭은 제한적이므로 그 틀을 넘어서려면 타인의 네트워크를 활용하는 것이 현명하다.

5

동학개미, 영종도의 현인 '워렌장'을 만나다

　나는 화투, 카드놀이, 카지노 등 도박에 관심이 없다.

　주식도 보는 관점에 따라서는 도박으로 볼 수 있었기 때문에 나의 관심 밖에 있었다. 그러다 2020년 코로나19가 전 세계를 휩쓸면서 사회는 급격히 비대면 사회로 변화했다. 경제 성장률은 곤두박질을 쳤고 미국은 이자율을 낮춰 경기를 부양하기 위해 엄청난 달러를 찍었다. 이에 우리나라를 포함한 세계 각국도 앞다퉈 이자율을 낮췄으며, 따라서 싼 이자로 빌린 자금 및 투자처를 찾지 못한 풍부한 유동 자본이 주식시장으로 흘러 들어가 주가를 부양하기 시작했다.

　사람들은 주식에 열광하기 시작했고, 유튜브 경제 관련 채널 구독자가 엄청나게 늘었다. 사람들이 모이면 주식 얘기를 하는 것이 흔한 풍경이 되었다. 이는 수많은 개미투자자가 주식시장에 진입했음을 의미했고, 나도 그 개미군단의 일원이 되었다.

주식투자의 큰 흐름은 가치투자(장기투자)를 강조하는 측과, 단기투자(trading)가 맞다 부르짖는 사람들로 양분되었다. 전자는 동학혁명을 이끈 전봉준을 빗대어 개미투자자의 혁명을 이끌었다는 평가를 받던 모 자산운용 대표가 선봉에 섰는데, 그는 몇 년 후 배우자가 연계된 불법 투자 의혹을 받았다. 후자는 주식투자를 업(業)으로 하는 투자자와 슈퍼개미의 전폭적인 지지를 얻고 있었는데 슈퍼개미 중 유명한 유튜버 중 한 명은 구독자에게 매수 추천 뒤 본인은 매도해 기소되었다 1심에서 무죄판결을 받았다.

나는 전자의 유튜버 강의를 접하고 주식을 시작했는데 갖고 있던 소액의 여유자금을 가지고 장기투자로 접근했다. 당시의 불장 덕분에 나의 주식계좌는 빨간색으로 물들어 있었지만, 수익률은 높지 않았다.

그러다 인천에서 화물트럭을 운전하며 주식투자를 하고 있던 시골 친구의 설득에 들고 있던 모든 주식을 팔고, 그 친구가 찍어준 몇 가지 종목을 샀다. 그러자 신기한 일이 벌어졌다. 불과 며칠, 몇 주 만에 수익률이 20퍼센트 이상 나기 시작했다. 또 그 친구의 조언에 따라 그 주식을 다 팔고 또 다른 종목을 샀다. 그랬더니 이번에도 2~3주 만에 수익률이 10퍼센트 넘게 난 것이다. 헉! 그 친구의 설명은 다음과 같다.

"이른바 작전세력(주포), 기관투자자, 외국인 투자자의 자본 흐름 등을 파악하고, 차트 및 이동평균선 등을 분석해 종목을 고르고, 그 종목이 쌀 때 사서 움직임이 보이면 고점에 판다."

수익도 보았고, 그럴싸한 그의 논리에 나는 매료되었다. 나는 그를 찾아가 한우를 구워 주며 영종도의 현인 '워렌정'으로 모시며 예(禮)를 갖췄다. 그러다 욕심이 생겨 직장인 신용대출을 받아 판돈을 키웠다. 그런데 젠장, 워렌정이 알려준 종목이 몇 차례 빗나가기 시작하더니 결국 물리고, 마이너스 폭이 계속 커져만 갔다. 그동안 벌었던 돈보다 더 큰 돈을 잃었다.

그래서 이젠 내가 주체적으로 분석해 좋은 종목을 선택해 중장기 투자로 전술을 바꿨다. 그런데 갑자기 시장이 크게 흔들렸다. 미국의 금리 인상, 이스라엘-하마스 전쟁 등으로 급격히 시장이 얼어붙었고, 주식은 곤두박질을 치기 시작했다. 대출이자를 제외하더라도 주식계좌는 온통 파란색으로

도배되었다. 시간이 지나면 안정화될 거라고 믿고 예정된 1 주일간의 스페인 여행을 다녀왔다. 하지만 시장은 더욱 거세게 흔들렸고, 결국 계좌의 모든 종목을 팔아 치우고 나는 주식을 접었다. 그렇게 나의 동학개미 운동도 끝이 났다.

주식의 정답은 없는 것 같다. 다만 실패와 성공의 경험만 있을 뿐이고, 이를 관통하는 논리는 사실상 없다고 생각한다. 그냥 시장에 즉각 반영되는 심리와 거대 자본의 흐름 등 수많은 요소가 영향을 주어 주가가 변동되기 때문에 이를 맞춘다는 것은 사실상 불가능하다. 가끔 소가 뒷걸음질 치다가 쥐를 잡기도 하지만 말이다. 기술적으로 장·단기적으로 주가의 흐름을 '예상'할 수 있을 뿐 결국 큰 자본을 가진 자와 버티는 자가 이기는 게임이라고 생각한다.

수개월 뒤 우연히 TV에서 주식 정보를 보게 되었는데 당시 내가 보유하고 있던 종목이 정상 주가를 회복하고 훨훨 날고 있었다. 젠장, 젠장, 젠장!!!

다시 말하지만, 기다릴 수 있는 자에게 행운이 온다. 제발 빚내서 주식 하지 말자. 아까운 내 돈, 어디에도 누구에게도 책임을 물을 수 없다. 주식 격언 중에 '아무도 믿지 말라'는 말이 있다. 모든 책임은 나에게 있다. 명심하자.

6
등산과 산책이 지금의 나를 있게 했다

나는 피톤치드 힐링, 사색, 체력을 키울 수 있는 등산과 산책에 큰 즐거움을 느낀다. 내가 한 번 이상 정상을 정복했던 산은 대략 스무 곳이 넘는다. 강천산, 검단산, 관악산, 광교산, 내장산, 덕유산, 대둔산, 마니산, 모락산, 모악산, 무등산, 바라산, 북한산, 선운산, 설악산, 소래산, 수락산, 어등산, 월출산, 지리산, 청계산, 치악산, 태백산 등. 그중 가장 힘들었지만, 그만큼 성취감도 크고 풍광이 가장 좋았던 산은 영채 형과 동서울 버스터미널에서 태백행 심야 버스를 타고 새벽 눈꽃 산행의 목적지로 선택한 태백산이다.

10년이 훨씬 지난 일이니까 희미한 기억으로는 4시간 정도 걸리지 않았나 싶다. 국립공원 등산로 입구 근처 식당에서 등산로가 개방되기 전까지 콩나물국밥에 소주로 속을 데웠다. 드디어 등산로가 개방되자 삼삼오오 헤드랜턴, 아이젠을

착용하고, 스틱으로 눈길을 헤치며 대오를 맞춰 오르기 시작했다. 한겨울 1월의 칼바람은 살이 에이는 고통이었고, 손발은 얼어 점점 감각을 잃어 갔다. 어둠을 헤치고 산을 오르기 시작한 지 4시간, 무념무상(無念無想)으로 걷다 보니 기이한 형상의 천년 고목과 탐스러운 눈꽃이 피어 있었다. 정상에 다다르자 시뻘건 태양이 떠오르기 시작했다. 과연 경이로웠다. 해돋이를 보자 잘 왔다는 생각이 들었다. 일출을 향해 소원을 빌면 이뤄진다는 미신을 들은 적이 있어 두 손 모아 돈벼락 맞게 해 달라고 간절히 기도했다. 물론 그 소원은 이뤄지지 않았다.

눈 내린 설산은 걷기만 해도 기분이 좋아진다. 여러 갈래의 발자국, 사각거리는 눈 밟히는 소리가 좋다. 산에서 먹는 얼큰한 컵라면에 김밥 한 줄은 별미다. 하지만, 여기에 막걸리 한잔 걸치면 하산할 때 다리가 풀리니 특히 조심해야 한다.

흔히 등산은 인생과 닮았다고 말한다. 오르막이 있으면 내리막이 있고, 입산(入山)보다 하산(下山)을 더욱 조심해야 한다고 말한다. 맞는 말 같다. 그렇지 않은가? 젊었을 때 실패하면 훌훌 털고 다시 일어서면 되지만, 말년에 넘어지면 코가

깨지거나, 다리가 부러진다.

　나는 여러 번 넘어졌지만, 훌훌 털고 다시 일어섰다. 실패를 딛고 일어서는 연습이 필요하다. 말년에 넘어지지 않기 위해 단련한다고 좋게 생각하자. 인생이 뜻대로만 된다면 힘들지 않은 자 어디 있겠는가?

　산책은 별로 힘들지 않지만, 건강에 큰 도움이 돼 나는 틈만 나면 밖으로 나가 걸으려고 한다. 서울 관악구 서림동에서 살았을 때 자주 거닐었던 곳은 관악산 입구 산책로, 삼성산 성지 둘레길, 도림천, 보라매공원 일대다. 저녁 먹고 도림천을 따라 보라매공원을 둘러보고 집에 오면 2시간 정도 소요된다. 운 좋으면 도림천 거리의 악사들, 보라매공원에서 수준 높은 배드민턴 경기를 구경할 수 있다.

　광주에 살았을 때는 풍영정천, 전주에서는 전주대학교 캠퍼스, 순천에서는 동천, 하남에서는 미사경정공원 둘레길을 거의 매일 거닐었다. 수원에서는 의왕 왕송호수, 영통중앙공원, 혜령공원 둘레길과 광교 호수공원을 걷고 있다.

　나는 오늘도 걷는다. 그리고 생각한다. 산책은 사색의 시간을 주고, 뇌 활성화에 도움이 된다. 특히, 햇살 좋은 날 양지바른 곳에서 햇볕을 쬐며 걸으면 비타민D가 만들어져 우울증 예방 및 치료에 도움이 된다고 한다. 날 좋은 날 많이 걷고, 많이 생각하자. 그 생각이 나를 만든다. 그 생각대로 된다.

나는 산책하며 특별히 어떤 생각에 집중하지는 않지만, 자연스럽게 떠오르는 생각들이 있다. 그것은 친구나 가족, 업무와 관련된 일, 여행, 나의 과거와 미래, 그리고 여자 등이다.

한편, 산책을 통해 고요함과 친숙해질 수 있다. 저녁이라면 가끔 하늘을 쳐다보자. 하늘에는 별과 달과 구름이 있고, 나의 어제와 오늘 그리고 내일도 걸려있다. 지칠 때 가끔 하늘을 보라고 했다. 어깨를 펴고, 고개를 쳐들어 하늘을 바라보자. 무엇이 보이는가?

등산과 산책이 나에게 건강과 힐링, 그리고 사색의 시간을 만들어 주었고, 그것이 지금의 나를 만든 원동력이다.

7

현지, 해미, 그리고 미주 씨

현지 씨는 지인의 지인인데, 유아교육과를 졸업하고 임용고시에 합격해 공립유치원에서 일하는 교사다. 여성스럽고 따뜻한 사람이었는데, 소위 참한 매력이 있었다. 몇 번 만나고 소원해졌다가 내가 다시 연락해 만나게 되었다.

그녀를 만나면 30년 전 하얀 얼굴에 남색 코트를 입고 허리를 굽혀 나를 예쁘게 쳐다보시던 유치원 선생님이 생각난다. 청계산 정상에서 시원한 막걸리 한 잔을 살 줄 아는 센스가 있고, 여의도 윤중로 벚꽃축제에 가던 길에 나의 은색 라세티 중고차가 가끔 덜덜거려도 부끄러워하지 않던 착한 여성이었다.

어딘가에 가면 떠오르는 사람이 있고, 어떤 노래를 들으면 생각나는 사람이 있듯이 벚꽃 길과 '홍다방'이 있는 백운호수에 가면 그녀가 생각난다. 대학로에서 깔깔거리며 연극을 본

후 낙산공원 성곽길을 걷다가 가로수 불빛 아래서 수줍은 키스를 했다. 그렇게 사랑스러운 그녀를 잡지 못한 것은 자신감이 없었기 때문이다. 삼십 대 중반이었던 나와 4살 차이로 딱 결혼할 시기였지만, 나는 경제적으로 하나도 준비가 되어 있지 않았다. 초기 프리랜서 노무사로서 수입이 불안정했을 뿐만 아니라 빚도 아직 꽤 많이 남아 있었다. 이런 사실을 그녀에게 고할 수 없었다. 그렇게 우리는 자연스럽게 헤어졌다.

해미 씨는 중매 할머니의 소개로 만났다. 초등학교 보건교사로 한 대학병원 간호사로 일하다 진로를 바꿔 임용고시에 합격해 선생님이 되었다고 했다.

그녀는 나보다 4살 어렸는데 외모는 별로였지만 밉상은 아니고 선한 마음을 느낄 수 있어서 좋았다. 그녀와는 무등산 기슭 뷰 맛집 카페와 브런치 데이트, 목포 유달산 유원지 일대 산책과 환상적인 목포 야경을 함께한 추억이 있다. 그녀는 착하고, 따뜻한 여성이었다. 하지만, 내가 다른 지역으로 이직을 준비하고 있었고, 무엇보다 그녀는 내가 경제적 확신을 줄 수 있는지를 걱정했다. 나는 그럴 수 없었기 때문에 인연이 되지 못했다. 결혼 적령기 여성에게 배우자감으로 경제적 능력은 가장 중요한 판단 요소 중 하나다. 그것은 가정을 보호하고, 자녀를 잘 양육하기 위한 본능이다. 강연으로 유명한 김창옥 강사는 한 TV 프로그램에서 결혼을 생각하는 연인은 속궁합이 아니라 경제적 측면에서의 궁합 즉, 서로의 경제적 수준에 대한 눈높이와 소비 습관이 얼마나 잘 맞는지를 더 중요하게 생각해야 한다고 얘기한 바 있는데, 나 역시 여기에 100% 동의한다.

미주 씨도 중매 할머니의 소개로 만난 인연이다. 그녀는 나보다 한 살 어린 여성으로 지방직 7급 공무원인데, 법대를 나와 사법고시를 준비했지만, 나중에 공무원으로 방향을 바꿨다고 했다.

집에서 차로 한 시간 반 정도 걸리는 거리에 살고 있었기 때문에 첫 만남은 내가 그녀 집 근처 카페로 가서 만났다. 외모도 괜찮고, 대화 분위기가 좋아서 이른 저녁을 근처 맛집인 장어집에서 먹었다. 소개팅 첫 만남에 남성 스태미나에 좋은 장어구이라니 생각하기에 따라 좀 이상하다고 볼 수도 있을 것이다. 하지만 일단 내가 장어를 좋아하고, 그녀도 싫어하지 않아서 분위기는 좋았다. 잘 구워진 통통한 장어에

생강 소스를 올려 쌈무와 깻잎에 말아서 한입 넣고 씹으면 담백한 맛이 일품이다.

나는 사이다를 소주잔에 마시는데 은근히 술 마시는 기분을 느낄 수 있어서 좋고 탄산 한 모금의 톡 쏘는 맛이 느끼함을 잡아 줘서 좋다. 그날도 사이좋게 사이다 한 병을 나눠 마시고 헤어졌다.

보통 우리는 주말에 한 번씩 만났는데 한번은 그녀를 픽업해 을왕리해수욕장 근처 호텔 레스토랑에서 점심을 먹은 후 카페 데이트를 했다. 또 한번은 차이나타운에서 짜장면을 먹고, 바다가 보이는 카페에서 석양에 바라보며 진지하게 고백했다. 하지만 그녀는 자신의 감정을 아직 잘 모르겠다고 했다. 충분히 만났고 느낌이 통했다고 생각했는데, 그녀의 아리송한 답변에 나는 조금 당황했다. 생각건대 당시 나는 ○○시 임기제 공무원을 그만두고 수원에서 파트너 노무사로 일을 다시 시작할 준비를 하고 있었는데, 불안한 나의 상황이 그녀를 망설이게 했던 것 같다.

어머니께서 내게 늘 당부하는 말씀인데, 돈은 내가 쫓아가는 게 아니라 돈이 나를 쫓아 오도록 해야 한다. 마찬가지로 여자도 쫓으면 안 되고, 여자가 쫓아 오는 만남이어야 한다.

지금 그대로의 나를 사랑해 주고, 나 또한 그럴 수 있는 사람을 만나고 싶다.

8

Y의 장례식

　2012년 봄, 동기 노무사의 소개로 월급쟁이 직원으로 서울의 한 노무법인에 취업해서 약 3년을 근무했다. 돌이켜 보면 이 시절이 직장인으로서 사회생활을 제대로 배웠고, 노무사로서 전문성도 키울 수 있었던 시기였다. 지방 출장이 많고 일도 힘들었지만, 직장동료가 생겼으며 고정적인 수입을 통해 회생의 발판을 마련할 수 있었다.

　내가 소속된 법인 본사는 광주에 6명의 구성원이 일하고 있었고, 서울 지사에는 나 혼자였지만, 4개의 법인이 함께 공간을 공유하며 사용했기 때문에 직원이 20명에 이르러 제법 큰 규모였다. 그중 나보다 연배가 많은 신 노무사님과 나보다 한 살 어린 Y팀장과 특히 친했다. 퇴근 후 신 노무사님, Y팀장과 술 한 잔 마시는 재미로 힘든 직장생활을 이어 나갔다.

신 노무사님은 인사팀 경력이 있는 직장인 출신 노무사로 내가 회사를 옮긴 이후에도 서로 연락하며 지냈다. 힘들 때마다 술 한잔 사 주며 위로해 주셔서 큰 힘이 되었고, 작년 스페인 여행도 함께해 좋은 추억을 쌓았다.

Y는 밝은 성격에 능글맞은 구석이 있어 영업력이나 친화력이 좋고, 의리도 있어 내가 이종사촌 여동생을 소개해 준 적도 있다. Y와는 김포, 인천, 강화도 등지로 금요일 저녁에 함께 캠핑도 다녔다. 체대 럭비부 출신이라 그의 고등학교 후배들 럭비 경기에 초대받아 함께 구경하고, 그의 대학교 선배가 소속된 일본프로팀과 한국팀의 경기를 관람한 추억도 있다.

그와는 2호선 합정역, 홍대입구역, 신촌역 등지에서 주로 술을 마셨는데, 헌팅 포차에서 서로 가위바위보를 해서 옆 테이블에서 술 받아 오거나 안주 받아 오기로 서로를 난처하게 만든 재밌는 추억을 공유하며 삼십 대 초·중반을 함께 보냈다. 서른 후반에 내가 광주로 내려가 볼 기회가 많지 않았지만, 한 번씩 내가 서울로 출장을 오거나, Y가 광주에 일이 있어 내려오면 술자리를 하면서 인연을 유지해 온 터였다.

그랬던 그가 갑자기 사고로 세상을 떠났다.

나는 당시 연애 초반의 여자친구와 완도의 '생일도'라는 섬으로 여행을 가서 삼겹살을 굽다가 그의 부고 전화를 받았다. 불과 사흘 전 서울 출장길에 술도 마시고, 노래방까지 가서 재밌게 놀았던 체대 출신의 건장한 친구가 죽었다니 내 귀를 의심하고 또 의심했다. 하지만 사실이었다.

Y의 여자친구가 Y와 계속 연락이 되지 않아 집에 가 보니 침대 옆에 거품을 물고 쓰러져 있었다고 한다. 사인을 정확히 알지 못하지만 전해 들은 바로는 고혈압에 의한 뇌출혈이 원인이라고 들었다. 그의 부고 전화를 받은 그날 나는 만취해서 정말 있을 수 없는 행동(방에 소변을 보는 등)을 했었고, 당시 여자친구는 고맙게도 그런 나를 이해해 주고 위로해 주었다. 하지만, 우리의 인연은 나의 주사로 오래가지 못했다.

아무튼, 다음날 첫 배로 섬을 나와 고양시의 장례식장으로 달려갔다. 같이 일했던 동료 몇 분이 보였고, 여자친구라고 본인을 소개한 검은 상복을 입은 여성이 우리를 맞아 줬다. 미혼의 여성이 상복을 입고 죽은 남자친구의 장례식장에서 문상객을 받고 있어 조금 당황했지만, 이 친구가 진정한 사랑을 하고 있었구나 싶어 고마운 마음이 들었다. 그 여성분이 Y가 내 얘기를 많이 했다고, 좋아했다고 말해 주는데 눈물이 핑 돌았다.

인생 참 허망하다. 힘들게 일과 공부를 병행해서 손해사정사 시험에 합격했고, 좋은 짝을 만나서 이제 인생 활짝 피나보다 생각했는데 그렇게 가 버리다니 말이다. 알 수 없는 인생이다. 인생사 새옹지마, 앞날은 아무도 모른다. 지금 잘나간다고 으스대지 말고, 힘들다고 기죽을 필요 없다.

마흔 중반이 되니 주변에 경사(慶事)보다 애사(哀事)가 많다. 힘들고, 어려운 시절을 함께한 추억이 있는 사람들과 오랫동안 함께할 수 있었으면 좋겠다. 머니(money) 뭐니 해도 건강이 최고다. 우리 모두 건강에 신경 쓰자.

9

서연, 연정, 그리고 경서 씨

노무사 동기들끼리 사귀는 경우는 흔하고, 결혼까지 가는 커플도 적지 않다.

6개월 수습 동안 서로 함께 보내는 시간과 공유할 수 있는 부분이 많아서 쉽게 친해질 수 있고 대화가 잘 통해서 연인으로 발전하는 경우가 많은 것 같다.

서연 씨는 노무사 동기 여성으로 친하게 지냈고, 편하게 연락해 커피나 밥을 먹으면서 정이 들었다. 한번은 같이 영화를 보고 나서 커피를 마시다 용기 내 그녀에게 사귀자고 고백했는데, '매정한' 그녀는 좋아하는 사람이 있다고 단칼에 거절했다.

하지만 주변에 동기 여성 노무사가 꽤 있었기 때문에 나는 좌절하지 않았다. 요즘 인기리에 방영되고 있는 TV 프로그램 〈나는 SOLO〉 출연자처럼 나는 여러 명을 알아본다는 자세로 여기저기 기웃거렸다. 그러나, 그것이 바로 패착(敗着)이었다. 수습 기간 만료는 점점 다가오는데 선택과 집중하지 못했고 정력을 낭비하다 보니 결국 닭 쫓던 개 신세가 되어 버렸다.

최근에 감명 깊게 읽었던 책 『THE ONE THING』, 『타이탄의 도구들』에서는 선택과 집중의 중요성을 강조하는 사례가 많이 나온다. 즉, 분산된 주의와 노력을 한곳에 집중해야 성과가 나온다는 것이다. 이 말은 일에서도, 그리고 연애에서도 맞는 말 같다. 나는 한 사람에게 집중했어야 했다.

연정 씨는 기간제 교사로 소개팅 어플을 통해 만났다. 나보다 다섯 살 어린 예쁘고 여성스러운 여성이었다. 우리를 이어 준 소개팅 어플은 혼인관계증명서, 재직증명서 제출이 필수조건이었기 때문에 신원이 확실하다는 장점이 있었고, 가입된 회원들이 해당 어플을 통해 공개된 프로필을 보고 마음에 드는 상대방을 찜하고, 상대방이 오케이 하면 만남이 이뤄지는 시스템으로 운영되었다. 20만 원의 가입비가 있었고, 서로 오케이 해서 만남이 성사되면 각자 추가 비용 5만 원을 결제한다. 결제가 확인되면 상대방의 연락처를 서로에게 전송해 줬다. 그 이후의 만남은 서로 자유롭게 연락해서 정한다.

나는 그녀를 찜했고, 그녀도 오케이 해서 우리는 카페에서 처음 만났다. 그녀는 예뻤고, 대화도 잘 통해서 괜찮은 초밥집에서 저녁을 먹고, kozel 흑맥주 한잔 마시고 헤어졌다. 이후 몇 번의 만남을 이어가던 어느 날 차에서 누가 먼저랄 것도 없이 눈이 맞았고, 달콤한 키스와 함께 우리는 연인이 되었다. 하지만, 안타깝게도 우리의 인연은 오래가지 못했는데 나의 주사로 헤어졌다. 술로 몇 번 실수를 한 적이 있었고, 술을 마시지 않는 그녀는 나를 이해하지 못했다. 한번은 서울 출장을 갔다가 술자리가 길어져 예매한 KTX를 놓쳤고, 취기에 모텔을 찾지 못하고 역 근처의 취침이 가능한 마사지 가게에서 잤다. 그 일이 우리를 헤어지게 할 거라곤 전혀 생각하지 못했다. 하지만 그날 이후 그녀는 나의 전화를 받지 않았다. 집 근처 카페에서 기다려 보기도 하고, 그녀에게 애원도 했으나 상황은 변하지 않았다. 그녀는 내가 유흥 마사지 가게에 간 걸로 오해한 것 같았고, 나의 얘기를 도대체 믿으려 하지 않았다.

'한없이 예쁘고 사랑스러운 그대를 힘들게 해서 미안해. 우리는 서로 맞춰가기 힘들 것 같아. 잘 지내.'라는 나의 마지막 문자메시지에 그녀의 '그동안 고마웠고, 건강 잘 챙겨.'라는 답장을 끝으로 우리는 헤어졌다. 뜨겁게 사랑했지만, 그녀는 나를 믿지 못했고, 나는 그녀를 기다려 주지 못했다.

길거리나 라디오에서 The Weeknd의 노래, Lauv의 〈Paris in the rain〉 노래가 들리면 가끔 그녀가 생각난다. 추억은 사람을 더 깊게 만들고, 아픈 만큼 더 성장시킨다.

경서 씨는 대학에서 미술을 전공한 네일아티스트(nail artist)이며 지인의 소개로 만났다. 그녀가 일하는 가게는 우리 집과 가까웠지만, 그녀는 주말이 바빠서 평일에 쉬었다. 보통 퇴근 시간이 저녁 8~9시 정도라 우리는 만나기 쉽지 않았다. 더구나 수원에서 서울 집까지 대중교통으로 편도 약 2시간 가까운 거리를 출·퇴근하고 있다고 했다. 많은 상황을 고려해 볼 때 잘 어울리지 않을 것 같아 큰 기대 없이 소개팅에 나갔다. 그런데 웬걸, 첫인상과 대화의 느낌이 좋았다. 나이는 동갑인데 동안이고, 피부미인에 이해심과 센스있는 여성이었다. 그 뒤로 우리는 몇 번의 만남을 했고, 가끔 그녀의 일이 끝나면 내 차로 그녀를 집에 데려다주면서 서로를 알아

갔다.

나는 아침형 인간이지만, 그녀는 올빼미형 사람이다. 또한 나는 법률 분야에서 일하지만, 그녀는 뷰티산업에서 일하고 있는 등 공통점이 별로 없었지만 우리는 그해 12월 31일 정식으로 사귀기 시작했다.

경서 씨와는 책을 쓰고 있는 지금까지 잘 만나고 있다. 그러고 보면 남녀의 인연은 알 수 없는 것 같다. 외모, 성격, 조건, 타이밍 등 여러 요소가 영향을 주지만, 때론 전혀 맞지 않을 것 같은데 스파크가 튀기도 하기 때문이다. 인연은 따로 있다는 말을 느끼는 요즘이다.

10

코로나19에 살아남기

2020년 초, 코로나19가 우리나라에 상륙했고, 이후 전 세계에 전염병처럼 퍼져나갔다. 코로나19의 발생원인, 위험성, 감염경로 및 예방법, 백신 및 치료 방법 등에 대한 무지는 전 세계를 공포에 몰아넣었다.

나는 당시 여자친구와 헤어진 시련의 아픔을 치유하기 위해 설 연휴 대만으로 2박 3일 여행을 예약했다. 그런데 갑자기 중국에 전염병이 돌고 있다고 연일 TV에서 떠들어 대자 여행을 취소해야 할지 고민스러웠다. 하지만, 공식적으로 우리나라에서는 감염 사례가 보고되지 않았고, 외교당국도 여행을 금지하지 않았다. 또 중국 본토가 아닌 대만이라서 여행을 갔다.

그런데 대만도 춘절(春節) 기간이라 주요 관광지는 휴관이 많았고, 지하철에는 마스크를 쓴 사람들이 서로 조심하는 분위기를 느낄 수 있어 여행에 대한 불안함이 컸다. 타이베이에 예약한 게스트하우스에 짐을 풀고, 마스크를 하고 가까운 시내와 '중정기념관', 단수이(淡水) 지역을 둘러보는 정도로 이동 범위를 좁혔다. 타이베이 맛집 '딘타이펑(鼎泰豐)'에서 샤오롱바오, 딤섬, 볶음밥을 먹고, '가빈병가 누가크래커'를 선물로 준비해 2박 3일 여행을 마치고 귀국하자, 한국에서도 최초 감염 사례가 발생했다.

정부와 지자체는 매일 신규 코로나19 감염자 수를 발표하고 있었고, 병원의 병상이 부족하다고 난리였다. 감염자가 다녀간 장소는 쑥대밭이 되었고, 요양원 등은 집단감염으로 코호트 격리(Cohort Isolation)가 되기도 했다.

내가 공무원으로 근무했을 당시 우리 과 코로나19 담당 주무관은 청 관할 전 직원의 코로나19 감염 여부 및 감염자 동선을 파악해 매일 본부에 보고하느라 정신이 없었고, 평일과 주말을 가리지 않고 코로나19 알람이 울려댔다. 한번은 우리 과에 확진자가 나와서 과원 전원이 간이 코로나19 검사를 받았고, 건물 전체를 방역하느라 많은 행정력의 낭비가 있었다. 많은 공무원이 정작 본연의 해야 할 일은 못 하고, 코로나19 방역과 집계에 많은 시간을 할애해야 했다.

나는 안정성에 말이 많았던 코로나19 백신을 3차까지 맞았고 다행히 코로나19에 걸리지 않고 넘어가나 싶었는데, 2022년 8월 중순 코로나19와 비슷한 증상을 앓았다. 당시 다니던 회사에 사직서를 던지고, 당일 제주도로 떠났을 때의 일이다. 새벽에 한라산 등반하는데 컨디션 난조로 30분 만에 포기하고, 함덕해수욕장 숙소로 이동해 해변 바닷바람을 즐기고 숙소에 들어갔다. 그런데 오한과 몸살, 발열 등으로 저녁 내내 시름시름 앓았다. 며칠 쉬다 가려고 했는데 몸 상태가 너무 안 좋아 다음 날 집으로 바로 돌아왔다. 코로나19 감염이 의심됐다. 하지만 확진자로 판명되면 1주간 외부 활동이 금지되므로 나 같은 싱글은 집안에 갇혀서 스스로 만사를 해결해야 했다. 나는 이미 자가격리 상태이므로 굳이 코로나19 검사를 할 필요가 없다고 생각했기 때문에 타이레놀을 먹고, 홀로 의연히 코로나19인지 단순 감기인지 모른 채 한여름 시름시름 앓았다. 오한과 심한 두통으로 사흘을 천당과 지옥을 오갔지만, 다행히 1주일 만에 정상 컨디션을 회복했다. 산수, 신호, 종이, 우영 형과의 통화로 나의 생존을 외부 세상에 확인해 주었다. 코로나19도 안 걸리는 독한 놈이란 소리를 들었었는데 그 타이틀을 내려놓아야 해서 분했지만, 후유증 없이 건강을 회복해서 천만다행으로 생각하고 있다.

정부의 집단감염을 막기 위한 마스크 착용 의무화, 출입 시 열화상 카메라와 QR코드 체크, 모임 인원 및 영업시간의 제한, 해외여행 제한 등으로 평화로운 일상생활은 멈췄다. 세상은 비대면 사회로 빠르게 변화했다. 캠퍼스의 낭만도, 직장생활의 회식도, 해외여행의 자유도 언제 다시 가능할지 알 수 없었다. 그 안갯속에 가려진 언제 끝날지 모르는 재앙에 사람들은 지쳐 갔지만, 또 한편에선 배달 라이더의 수고 덕분에 당일 배송, 새벽 배송 등으로 편리한 배달 음식문화, 재택근무, 유튜브, 어플을 통한 미팅문화 등 새로운 세상이 열리고 있었다.

약 3년 후 백신과 치료제가 개발 및 상용화되어 감기 수준의 질병으로 인식되기 시작했고, WHO(세계보건기구)는 2023년 5월 5일, 팬데믹 해제를 발표했다.

다시 평화가 찾아왔지만, 이전의 삶으로 돌아가지는 않았다. 역사는 진보한다. 비대면이 일상화되고, 모임은 줄었으며, 회식은 점차 사라졌다.

코로나19는 새로운 변화를 위해 지구(자연)도 쉬어 가고, 인간도 잠시 쉬어 간 시기가 아닐까? 나 역시 그랬다.

11

술, 밥, 커피는 누가 사?

"언제 밥 한번 먹어요.", "다음에 술 한 잔 마셔요.", 우리가 살아가면서 흔히 던지는 말이다. 날짜를 특정하지 않고 예의 상 하는 말이기도 하고, 실제로 한번 먹자는 의미도 있는 중 의적인 표현이다. 그러니 괜히 '언제 먹자는 거야?'하고 기다 리거나 속상해하지 말자.

술 마시기, 밥 먹기, 그리고 커피 마시기는 친구, 직장동료 등을 만나면 하는 자연스러운 일상이다. 그런데 누가 밥값을 내고, 누가 술값을 계산하며, 누가 커피를 사지? 요즘은 더 치페이 문화가 일반화되어 각자 먹은 것을 개별적으로 계산 하기도 하고, 한 사람이 계산하면 각자의 비용을 계산한 사 람 계좌로 송금하기도 한다. 하지만, 여전히 애매한 경우가 생기게 마련이다.

회사에서 회식은 법인카드, 2차는 주인공이 쏘고, 3차는

1/N! 하지만, 공자가 아직 살아있는 우리나라에서는 나이나 직급이 높은 사람, 남성, 연장자가 더 많이, 더 비싼 것을 사는 게 보편적이다.

한편, 회사나 특수한 관계에 따라서는 윗사람에게 잘 보이려고 아랫사람이 사는 경우도 적지 않고, 윗사람이 은근히 아랫사람에게 쏘라는 분위기나 압력을 넣기도 한다.

그럼, 친구나 연인 사이에는 누가 사야 하는가?

내가 만나는 친구는 서로 한 번씩 돌아가면서 산다. 오늘 내가 샀으면 다음에 만나면 그 친구가 산다거나, 1차를 친구가 사면, 2차는 내가 산다. 각자 쓴 비용의 차이가 있지만, 그렇게까지 생각하면 친구 못 만난다. 때로는 형편이 나은 친구, 소위 잘나가는 친구가 있으면 가장 비싼 것을 그 친구가 쏘고, 나머지는 돌아가면서 쏘기도 하며, 큰 비용이 나가는 것은 1/N을 주로 한다. 그런데 매번 본인이 사겠다거나, 매번 얻어먹기만 하는 사람이 있는데 정말 부담스럽다. 세상에 공짜가 어디 있겠는가? 그것이 다 빚이다. 마음의 빚이고, 또 실제로 언젠가는 갚아야 할 때가 온다. 그래서 밥을 사고, 술을 사는 것이다. Give and Take는 확실한 것이 좋다.

연인 사이에는 주로 남자가 비싼 쪽을 사고, 여자가 저렴한 쪽을 산다. 남자가 밥을 사면, 여자가 커피를 사거나, 남자가 두 번 밥을 사면, 여자가 한번은 사야지 하는 분위기가 있다. 한편, 요즘 커플은 데이트 계좌를 만들어 일정한 금액을 데이트 계좌에 저축하고, 해당 계좌에서 데이트 비용을 충당한다고 들었는데 아주 합리적이라고 생각한다. 남녀평등을 외치면서 힘든 일은 남자가, 연애 비용은 남자가, 혼수로 집은 남자가 당연히 구해야 한다고 주장하는 여성이 요즘도 꽤 있다. 본인의 가치관을 존중하지만, 나는 그런 여성에게 어울리는 사자성어를 알고 있다. 어불성설(語不成說).

살다 보면 「김영란법(부정 청탁 및 금품 수수의 금지에 관한 법률)」은 예외로 하더라도, 가끔 접대하거나 접대를 받을 일이 생기기도 한다. 접대는 상대방이 부담 갖지 않은 선이 좋다. 너무 과하면 뇌물이고, 그렇다고 너무 부족하면 무시하는 것이다. 그 '정도'는 당사자만이 알 수 있고, 정답이 없어 보이지만, 시간이 지나면 그 정답을 알 수 있게 마련이다.

한편, 경조사 참석은 사회생활에 가장 중요한 접대라고 보면 된다. 결혼 등 축의금과 부모상(喪) 등의 부의금을 얼마나 할 것인지 고민이 될 때가 많다. 하지만 이것 역시 정답이 없다. 눈치껏 남들 하는 만큼 하면 되지, 부담되게 많이 할 필요는 없다고 생각한다. 오히려 경조사는 부조금보다 참석하는 게 더 중요한 것 같다.

2008년 동기 노무사 형님이 대구에서 토요일 오후 2시에 결혼을 했는데, TOEIC 시험 날짜와 겹쳐서 나는 시험 장소를 대구로 변경하고, 결혼식 전날 대구 모텔에서 잤다. 그리고 다음 날 아침 TOEIC 시험을 치른 후 형님 결혼식에 참석한 적이 있다. 그 형님은 그것이 고마웠는지 두고두고 얘기하며 내가 하와이에서 결혼식을 하더라도 가겠다고 말한다. 나야 그럴 일은 없지만, 그런 마음을 전해 줘서 또한 고마울 따름이다.

결국 경조사비도 마음이고, 참석하는 것도 마음의 표시다. 특히, 조사(弔事)에는 참석해 슬픔을 함께 나누는 것이 큰 위로가 된다.

12

홀로 사는 즐거움과 외로움

법정 스님의 『홀로 사는 즐거움』이란 산문집이 있다. 자연을 벗 삼아 어떤 것에도 얽매이지 않고 홀로 사는 즐거움에 대해 아름답고 절제된 스님의 문체가 매력적인 책이다. 아쉽게도 나는 법정 스님처럼 현자가 아니라 홀로 사는 외로움을 느낀다. 거의 30년 가까이 혼자 살아오고 있지만, 여전히 채워지지 않고 적응되지 않는 외로움과 고독은 홀로 살아서 생기는 것 보다 인간 본성에서 비롯된 자연스러운 감정일 수 있다.

내가 유독 외로움을 느낄 때는 다음과 같다.

1. 아플 때
2. 간단한 검사나 수술(예건대 수면내시경 등)을 위해 입원할

때

3. TV, 유튜브 등에서 공감되거나 볼 만한 게 없을 때

4. <나 혼자 산다>라는 프로그램을 볼 때(그들은 전혀 외롭지 않아 보인다)

5. 설, 추석 등의 명절

6. 벚꽃 필 때, 여름휴가 갈 때, 낙엽이 질 때, 추울 때

7. 크리스마스, 밸런타인데이, 화이트데이

8. 결혼식 등 가족 모임

9. 집에 들어갔는데 아무도 반겨주지 않음을 느낄 때

그러나 홀로 살아서 느끼는 즐거움도 있다.

1. 내가 먹고 싶을 때 먹고, 자고 싶을 때 잘 때

2. 내가 가고 싶은 곳을, 가고 싶을 때 갈 때

3. 방해받지 않고 내가 하는 일에 집중할 수 있을 때

4. 마음먹기에 따라 언제든 일자리와 거주지를 바꿀 수 있을 때

5. 내가 하고 싶은 일을, 하고 싶을 때 할 때

6. 내가 하기 싫은 일은 안 할 수 있을 때

가끔 이런 자유로운 내 삶에 누군가 들어온다면 어떨지 생각해 본 적이 있는데 서로 간 거리 확보가 중요하다는 결론을 얻었다. 누구나 자기만의 사적인 공간이 필요하고, 그것은 직장 내에서도 그리고 가정에 돌아와서도 존중받아야 마땅하다. 친한 동료라는 이유로, 사랑하는 연인 또는 배우자라는 이유로 내 사적인 영역을 무시하면 나의 동굴은 무너진다. 즉, 스스로 힐링할 수 있는 공간이 사라짐으로써 관계는 더 나빠질 것이다. 가까운 사이라는 이유로 또는 더 가까워지기 위해 둘 사이에 비밀이 없어야 한다거나, 상대방의 모든 걸 알아야 한다고 강요할 권리는 없다. 서로 적당한 거리를 인정해 부딪히지 않도록 완충지대가 있어야 원활한 관계가 유지된다. 이와 관련해 칼릴 지브란의 「함께 있되 거리를 두라」라는 시를 읊어 보자.

「함께 있되 거리를 두라.

그래서 하늘 바람이 너희 사이에서 춤추게 하라.

서로 사랑하라.

그러나 사랑으로 구속하지 말라.

그보다 너희 혼과 혼의 두 언덕 사이에

출렁이는 바다를 놓아두라.

서로의 잔을 채워 주되 한쪽의 잔만을 마시지 마라.

서로의 빵을 주되 한쪽의 빵만을 먹지 말라.

함께 노래하고 춤추며 즐거워하되 서로는 혼자 있게 하라.

마치 현악기의 줄들이 하나의 음악을 울릴지라도

줄은 서로 혼자이듯이

서로 가슴을 주라.

그러나 서로의 가슴속에 묶어 두지는 말라.

오직 큰 생명의 손길만이 너희의 가슴을 간직할 수 있다.

함께 서 있으라.

그러나 너무 가까이 서 있지는 말라.

사원의 기둥들도 서로 떨어져 있고

참나무와 삼나무는 서로의 그늘 속에선 자랄 수 없다.」

참 와닿는 글귀다. 관계에 필요한 일정한 거리의 중요함에 대해서 생각한다.

너무 가깝지도, 너무 멀지도 않은 그 거리는, 친밀함의 크기에 따라 달라지겠지만, 반드시 비례한다고 할 수는 없을 것 같다. 덜 친한데 매우 밀접하고, 아주 가까운 사이에 일정한 거리를 유지하는 관계도 있는 것이다. 오래된 관계는 서로 더 조심하는 법이니 오히려 친할수록 그 거리를 유지하는 게 중요하지 않을까?

13

뱃살 빼는 강추 다이어트 운동

내가 다이어트를 위해 열심히 했던 운동은 복싱과 수영, 배드민턴이다. 운동은 육체적 건강을 위해서도 필요하지만, 정신건강, 스트레스 해소 및 다양한 사람들과 교류할 기회를 주므로 특히 싱글 라이프를 즐기는 사람은 반드시 해야 한다.

서른에 노무사 사무실을 오픈하고 닭장(실내 골프연습장)에서 3개월 골프 레슨을 받은 적이 있다. 큰 재미를 느낄 수 없어 더 배우지는 않았는데, 요즘 주변에 골프를 취미나 비즈니스로 많이들 하고 있어서 그때 계속 배워 둘 걸 하는 아쉬움이 든다. 하지만 지금 다시 시작하려니 시간도 맞추기 어렵고, 비용도 아까운 생각이 든다. 가끔 TV에서 여성 골퍼가 흰색 골프복을 입고 시원하게 스윙하는 매력적인 모습을 보면 한참 넋을 놓고 본다. 그 시원한 풀스윙 이면에는 닭장에서 수만 번의 어드레스, 똑딱이, 백스윙, 하프스윙, 풀스윙 등 연습으로 손가락이 쓸리고 목과 어깨가 결리는 고통을 이겨 냈으리라. 우아한 백조의 수면 아래 분주한 발처럼 말이다. 남모를 땀과 눈물겨운 노력이 있어야 멋진 몸매를 만들 수 있다.

삼십 대 후반 연고(緣故)를 찾아 노무사 사무실을 다시 오픈했지만, 기대처럼 사업이 풀리지 않았다. 정신없이 바쁜 시기도 있었지만, 사무실에 파리 날리는 날이 더 많았다. 그럴 때 정신 수양을 위해서 시작한 운동이 복싱이었다. 사실 복부에 인격이 올라오고 있었고, 체력이 떨어지고 있어서 규칙적인 운동이 필요하기도 했다. 사무실 근처 '수완 밴텀복싱장'에 3개월 등록을 했다. 관장님은 나와 비슷한 나이 현역 복싱선수로 전국체전 광주 대표 선수로 출전해 은메달까지 땄다고 들었다. 체구는 크지 않았지만, 몸매가 탄탄하고 잔근육이 흡사 말(馬)과 같았다.

복싱장에 가면 우선 간단히 몸을 풀어야 한다. 나의 루틴은 스트레칭을 한 후 러닝머신 10분, 줄넘기를 2분 3세트 후 섀도복싱(shadow-boxing)을 5분 정도 하는 것으로 유산소 운동을 마친다. 그 후 샌드백을 몇 세트 치다 보면 관장님이 먼저 온 회원 순서대로 미트(mitt)를 2분 3세트 정도 잡아 주신다.

잽-잽, 잽-잽-투, 잽-잽-원투, 투-훅-투-훅-어퍼, 위-아래-훅, 아래-위-훅, 원-바디, 원-투-바디, 원투-쓱-빡, 원-투-쓱-쓱-훅-어퍼, 원-훅-옆구리, 원-훅-어퍼-훅, 원-투-쓱-쓱-위빙-위빙-양훅-어퍼-훅.

이렇게 한 시간 정도 운동하고 나면 입에서 단내가 나고, 심장이 터질 것 같다.

그렇게 3개월 운동하자 뱃살이 쏙 빠졌다. 코로나19로 잠시 쉰 기간도 있고, 마스크를 하고 운동한 기간도 있지만, 그렇게 1년을 운동했다. 단기간 감량이 필요한 분에게 강추한다.

수영은 물에 빠지면 살아남기 위해서 꼭 배워 보고 싶었다. 나는 맥주병으로 물에 대한 원초적인 공포가 있다. 본가가 시골이라 초등학생 때는 계곡이나 저수지에서 친구들과 수영하고 놀았는데, 나는 물에 뜨지 않아 얕은 곳에서 발만 담그고 놀았다. 그러다 장난꾸러기 친구들이 갑자기 몰려와 깊은 곳으로 나를 던져 버리면 한참을 허우적대다 간신히 그들의 도움으로 빠져나왔다. 눈물 콧물 쏙 빼고, 그 계곡의 물 절반은 내가 마셨을 것이다. 그만큼 나는 물을 무서워했다. 그래서 성인이 되어서 수영을 제대로 배워 보고 싶었다. 영화 〈도둑들〉에서 전지현의 개구리 수영(평영)처럼 멋진 자태로 수영을 하고 싶었다. 그래서 나는 서른 중반, 의왕여성회관에서 수영을 3개월간 배운적이 있다. '음파-음파-음파'부터 시작해서 패드를 잡고 발차기 연습, 자유영(自由泳), 배영(背泳), 평영(平泳), 접영(蝶泳) 순으로 배웠다. 나는 발차기가 약하고, 자유영부터 잘 안 됐다. 시간이 지날수록 같은 반 수강생들의 진도를 따라잡기에 벅찼다. 운동은 잘해야 계속하고 싶고, 흥미를 갖게 되는데 자꾸 처지다 보니 결국 3개월을 채우지 못하고 그만두었다. 특히, 수영 강사분이 여성회원만 편애하고 맥주병인 나를 홀대하는 느낌이 커서 더 배우고 싶은 생각이 사라졌다. 배드민턴도 그랬지만, 초심자는 좋은 선생님을 만나는 것이 정말 중요하다.

"조 노무사 뭐 운동하는 거 없어? 사람이 취미를 가져야해. 동호회 같은데 가입해서 다양한 사람들과 만나 교류하면

건강도 챙기고 영업도 되고 꿩 먹고 알 먹고 얼마나 좋아~."

대학교 선배이자 친하게 지내는 김병상 대표님이 무심코 던진 말인데, 곰곰이 생각해 보니 맞는 말이었다. 사실 술을 끊고 나서 뭔가 집중할 대상이 필요하기도 했다. 그날 바로 동네 배드민턴 동호회를 검색해 신규회원을 모집한다는 광고를 보고 총무님과 통화해 며칠 뒤 체육관을 찾아갔다.

동네 배드민턴 동호회 가입비는 천차만별인데 일반적으로 10~15만 원, 월회비는 2~3만 원, 연 또는 반기 특정 시간대 단위로 실내 코트를 대여해서 연중 쉬지 않고 자유롭게 운동할 수 있다.

나는 주로 평일 퇴근 후 8시~9시까지 약 1시간 정도 운동했다. 배드민턴은 유산소 전신운동으로 다이어트에 정말 좋은 운동이다. 왕초보라 일주일에 두 번 코치님의 개인 레슨을 받아야 했고, 남은 시간은 동호회 회원들과 복식을 이루어 게임을 했는데, 주로 누님뻘 되시는 분들이 나를 상대해 주셨다.

레슨비는 대략 월 8회, 회당 10분가량 코칭을 받는 조건으로 10만 원 정도, 라켓은 1개에 10만 원 내외, 셔틀콕은 10개에 1만 5천~ 2만 원 정도 한다. 신발은 실내 코트용 운동화를 신어야 하는데 가격은 브랜드에 따라 10~20만 원 내외로 다양하다.

배드민턴은 클리어(clear), 드라이브(drive), 드롭샷(drop shot), 헤어핀(hairpin) 등 기술도 중요하지만, 체력과 순발력이 좋아야 한다. 한편, 나의 레슨은 클리어에서 더 이상 나아가지 못하고 끝났다. 왜냐하면 코치님의 불친절한 태도가 맘에 들지 않아 레슨이 재미가 없었기 때문이다. 코치님은 회원을 편애했고, 내가 제대로 따라 하지 못하면 답답하다는 표정을 자주 지어 나의 사기를 떨어트렸다. 새로운 공부, 운동 등을 시작할 때 멘토가 중요하다는 사실은 백번 강조해도 부족하지 않다. 좋은 선생님을 만나야 제대로 배울 수 있다.

우리 동호회는 부부 회원이 많았는데, 직업은 교사 등 공무원, 자영업자 순으로 많았고, 연령은 사오십 대가 주축을 이뤘는데 육십 대 이상이나 이삼십 대 회원도 종종 보였다. 셔틀콕, 라켓, 백, 실내 운동화, 수건, 헤어밴드, 무릎보호대 등 장비를 하나씩 준비하며 6월에 시작한 배드민턴은 한여름 8월 들어서 무더운 날씨와 함께 점차 흥미를 잃기 시작했다.

그러다 결정적인 사건이 하나 발생했다. 배드민턴 코트가

5개인데 수준별로 사용하는 코트가 구분되어 있고, 복식으로 게임을 진행하는 게 회칙인데, 잘하는 사람은 잘하는 사람끼리, 못 하는 회원은 못 하는 회원끼리 주로 팀을 이뤄 게임을 한다. 그런데 어떻게 짝을 맞추다 보니 잘하는 남성 회원과 내가 팀이 되고, 보통 수준의 여성 회원 2명이 팀이 되어 게임을 하게 되었다. 게임 규칙은 우승팀이 게임에서 진 팀의 새 콕을 가져간다.

내가 아직 초보라서 실수를 많이 했고, 셔틀콕만 쫓아서 이리저리 코트를 휘젓고 다니다 보니, 고수인 팀원은 화가 잔뜩 나서 나에게 무안을 줬다. "이거 봐요. 가만히 본인 자리에서만 치세요. 뭐 답이 없는 사람이네. 백약이 무효야!" 그런 얘기를 들으니 나는 더욱 기가 죽어 실수를 연발했고, 우리는 여성팀에 대패했다. 팀원에게 미안하기도 했지만, 쪽 팔렸다. 여성팀은 환호했고, 그 남성 고수는 언짢은 표정으로 코트를 떠났다. 친하게 지내는 누님뻘 되시는 분이 괜찮다고 위로했지만, 나는 전혀 괜찮지 않았다. 그날 이후 점점 운동을 나가는 날이 줄었다. 그러다 클럽 자체대회 참가를 끝으로 클럽을 탈퇴했다. 클럽 자체대회는 참가를 원하는 회원들이 소정의 참가비를 내고 토너먼트 경기를 치른다. 찬조금과 참가비로 먹거리도 준비하고, 리그별 우승상품으로 라켓, 셔틀콕, 운동복, 라켓 가방, 양말, 수건 등을 준다. 경기는 실력별로 대진표를 작성해 게임이 진행되므로 한 점 한 점, 한 게임 한 게임 박진감 넘친다. 사실 동호회에서는 선수 출신 등 운동 잘하는 사람이 왕 대접을 받는다. 반면 못하는 사람은 은근히 무시당하며 같이 운동하기 싫어한다. 잘하는 사람이 못하는 사람을 가르쳐 주고 서로 도와 가면 좋겠지만, 취미로 스트레스를 풀기 위해 본인의 귀한 시간을 내서 운동하러 온 거니까 끼리끼리 치게 된다.

사회도 마찬가지다. 수준이 비슷한 끼리끼리 만나고, 끼리끼리 공유한다. 그런 끼리끼리 문화가 변질돼 사회에 피해를 준다면 패거리 집단, 카르텔이라 하여 척결의 대상이 되기도 한다.

14

5개 국어 배워 보기

한국어, 영어, 일본어, 중국어, 스페인어, 나는 총 5개 국어를 할 줄 안다. 잘한다는 게 아니라 어설프게라도 할 줄 안다는 것이다.

한국어는 40년이 넘도록 모국어로 사용하고 있지만, 여전히 어렵다. 글을 쓸 때 몇 번이고 띄어쓰기나 단어 철자가 맞는지 네이버 사전을 찾아봐야 한다.

영어는 중학교 3년, 고등학교 3년 동안 의무적으로 배웠고, TOEIC, TOEFL, TEPS 시험공부, 군대를 다녀와서 민병철 어학원에서 영어 회화 수업을 들었을 뿐만 아니라 대학교 언어교육원에서도 수개월 영어 회화 수업에 참여했다. 공식적인 나의 TOEIC 최고점은 945점(2005년 11월 27일 시험), TOEFL은 CBT 213점(essay 4.0점/ 2004년 10월 4일 시험), TEPS는 시험은 봤는데 점수에 대한 기록을 찾을 수 없다. 내가 이

토록 영어 공부를 열심히 한 이유는 2000년대 후반 취업시장에서 TOEIC 800점 이상이 서류전형 통과의 기본 자격조건이었고, 대학교 2학년 때 미국 소재 주립대학교로 교환학생을 준비한 적이 있었기 때문이다. 하지만, 지금의 나의 영어 실력은 'excuse me, thank you, sorry?' 정도 하는 아주 평범한 수준의 한국 사람 정도이다. 다만, 외국인을 만나도 떨리거나 의사소통이 어렵지는 않은데 그 이유는 몇 마디 단어와 문장, 그리고 전 세계 공통 바디랭귀지를 적절히 섞으면 통하기 때문이다.

일본어는 일본 드라마 시리즈 〈고독한 미식가(孤独のグルメ)〉, 〈심야식당(深夜食堂)〉을 보다가 관심이 생겨 회화 수업을 4개월 정도 수강했다. 그리고, 일본 오사카 여행을 통해서 내가 한 일본어를 그들이 이해하는 신기한 경험을 했다. 하지만, 나는 그들이 하는 말을 제대로 알아듣지 못해서 의사소통은 쉽지 않았다. 히라가나, 가타카나를 쓰고 읽을 줄 알지만, 일본어 한자는 읽지 못한다. 일본어는 공부하면 할수록 어려웠고, 왠지 모르게 흥미를 잃었다. 그것은 일본에 좋지 않은 감정이 남아 있기 때문인 것 같다.

미안합니다: 스미마셍(すみません).

사랑합니다: 아이시떼루(あいしてる).

　중국어는 청나라 말기부터 1970년대까지를 배경으로 한마을에 사는 두 집안의 삼대에 걸친 이야기를 그린 중국 드라마 〈백록원(白鹿原)〉을 보며 중국의 역사와 문화에 관심을 가지면서부터 중국어 회화를 약 4개월 정도 배웠다. 이후 많은 중국 드라마와 대만 드라마를 시청했다. 〈옹정황제의 여인, 견환전(甄嬛传)〉, 〈이가인지명(以家人之名)〉, 〈치아문난난적소시광(致我們暖暖的小時光)〉, 〈먼 곳에서(在遠)〉 등. 한자 문화권에 살고 있는 한국, 중국, 일본, 대만 등 동북아시아에 관심이 커져 HSK 교제 및 단어집을 사서 혼자 공부하기도 했지만, 시험을 보지는 않았다.

　중국 보통화(표준어)는 대만, 싱가포르, 말레이시아, 베트남 등 화교가 많이 사는 나라에서도 통용된다고 한다. 그래서 나의 중국어 실력을 확인하기 위해 심리적으로 먼 중국보다 가까운 대만으로 여행을 간 적이 있다. 하지만, 나의 중국어 실력은 형편없어 일단 입 밖으로 잘 나오지 않았고, 나오더라도 성조와 발음이 좋지 않아 의사소통이 전혀 되지 않았다.

죄송합니다: 뚜이부치 (对不起).

미안해: 부하오이스 (不好意思).

당신 정말 아름다워요: 니쩐피아오량(你真漂亮).

    스페인어는 스페인 여행을 준비하면서 두 달 속성으로 배웠다. 우연히 동기 노무사와 협업할 일이 생겼고, 일을 마치고 수수료를 받아 더 나이 먹기 전에 유럽 여행을 간 것이다. 유럽 중에서도 예전부터 관심이 많았던 스페인을 목적지로 삼았다.

    스페인어는 남미 여러 나라에서도 모국어로 사용하고 있어 한 번 배워두면 활용할 가치가 크다고 생각했다. 여행을 위해서는 당장 읽고 쓰는 것보다 말하는 것이 필요했기 때문에 시원스쿨 'YESSY 선생님의 여행 스페인어' 동영상 강의를 수강했다. 총 10강으로 구성되어 있고, 강의당 약 40분 분량으로 기초부터 여행에 꼭 필요한 내용으로 알차게 구성되어 있었다. 나는 동영상 강의를 여러 번 돌려보면서 반복해서 따라 했다. 유용한 표현은 노트에 적어 현지에서 써먹으려고 준비했는데, 실제로 스페인에서 간단한 의사 표현에 큰 도움이 되었다.

안녕: 올라(Hola),

고마워요: 그라샤스(Gracias).

맥주 한 잔 주세요: 데매 우노 쎄르베싸 뽀르파 보르(Deme uno cerveza, por favor).

나는 언어에 대한 관심이 많고, 적당한 정도의 재능도 있는 것 같다. 언어를 배운다는 것은 단순히 그 나라의 말을 배우는 것이 아니라, 그 나라의 민족과 문화와 역사를 함께 배우는 것이다. 새로운 언어를 배우는 것은 새로운 세상을 보는 것과 같다. 아무리 편리한 번역 프로그램이 나오고, AI가 실시간 통·번역을 해 주는 세상이 온다 해도, 내 스스로 읽고, 쓰고, 말하는 능력으로 보는 세상과 그것이 번역해 준 세상은 보이는 게 다를 것이다. 나에게 경제적 자유가 조금 더 주어진다면, 아직 배우지 못한 많은 외국어를 배워서, 그곳을 자유롭게 여행하고 그에 관한 책을 쓰고 싶다.

고마워요: 당케(Danke).

15

전지적 시인 시점

나는 끄적거리는 것을 좋아한다.

시간이 나면 생각을 정리하기 위해 메모도 하고 시, 산문(散文)을 써 보기도 한다. 시나 산문이라고 하니까 뭐 대단해 보이는데 그때그때의 감성을 적는 것이다. 그중 몇 편을 소개한다.

내 마음의 군불

나를 태워 보지 못한 사람은 다른 사람을 태우지 못한다.

마찬가지로 나를 사랑하지 못하는 사람은 다른 사람을 사랑하기 어렵다.

그러나 여전히 내 마음의 군불을 때면, 비록 지금은 연기만 날리더라도 언젠가는 그 불씨가 J의 가슴에 살며시 내려

앉아 활활 타오르는 날이 오지 않겠는가?

청춘

청춘이란 단지 나이라는 숫자가 아닌 그 사람의 생각, 삶을 대하는 자세에 달린 것이 아닐까?

그 무덥던 여름이 자고 일어났더니 사라지고 가을이 성큼 다가왔다. 나는 봄만큼 가을을 아주 좋아한다. 봄이 순수한 이십 대의 설렘이라면, 가을은 철없는 사십 대의 고독함이랄까?

완연한 가을 날씨를 만끽하고 싶어 모악산에 올라 산 내음 맡으며 벤치에 앉아 땀을 식히고 있는데, 동기로부터 전화 한 통이 울린다. 일이 있어 주말에도 근무하고 퇴근하다 심심해 전화한 모양이다. 우리 대화는 특별한 답을 기대해서도 아니고, 또 답을 줄 수도 없는 그런저런 세상살이 하소연이었다.

통화를 끊고 나서 문득 든 생각은 청춘과 늙음 사이 나는 어디쯤 살고 있을까? 새록새록 흰머리 올라오는 거야 어쩔 수 없지만, 내 정신 푸르게 푸르게 만드는 것은 내 의지에 달려 있다.

계영배

계영배라는 신기한 술잔이 있다고 한다.

잔의 일정한 높이까지 술을 따르면 술이 더 이상 차지 않고 빠져나오는 신기한 잔, 가득 채움을 경계하라는 뜻이다. 일을 할 때, 사람과 교류할 때, 취미에 빠질 때 역시도 일정한 거리를 유지하는 것이 필요하다. 그 거리가 생각하기에 따라서는 서운하게 느껴지기도 하지만, 그 공간이 바로 전혀 다른 인격체인 타인과의 충돌을 막아 주는 완충 장치가 될 수 있을 것이다. 친한 사이가 오히려 덜 친해 보이는 것은 역설적으로 서로의 거리를 인정해 주기 때문은 아닐까?

가득 채워야만 좋은 것은 아닐 것이다. 미쳐야 성공한다는 말도 있지만, 과유불급의 의미가 더 깊이 다가오는 요즘이다. 잡힐 듯 잡히지 않은 인연처럼 말이다.

잡힐 듯, 잡힐 듯, 잡히지 않는 차마 잡지 못하는 것은 간절함이 부족해서가 아니요, 인연을 믿기 때문이다. 어차피

만날 인연이면 결국 만나게 되어 있고, 인연이 아니라면 잔을 비워야 새 술을 채울 수 있기 때문이다.

내 마음이여 조용히

가끔 길을 잃어버릴 때가 있다.

길치까지는 아니더라도 목적지 주변에서 헤매는 경우가 종종 있다. 이때 흥분하지 말고 마음을 차분히 다잡고, 처음으로 되돌아가서 다시 현재 위치를 파악하는 게 훨씬 빠르다. 가까이서는 잘 안 보이지만, 좀 떨어져서 보면 더 잘 보이기도 하듯이 내 마음도 그렇다.

잘 돌보지 않아 서먹해진, 그래서 더 소원해진 내 마음과 제대로 대화하지 않는다면 내 인생의 길에서 헤맬 수 있다. 이럴 땐 이해인 수녀님처럼 '내 마음이여 조용히'하고 싶다.

좀 떨어져서 보아야 한다. 본질에서 벗어나 중요하지 않은 일에 내 소중한 시간과 힘을 낭비하고 있는 것은 아닌지, 남이 원하는 인생이 아닌 나의 인생을 제대로 잘살고 있는 것인지 말이다.

주말에 화성에 있는 궁평항에 다녀왔다.

시원한 바닷바람에 힐링하고 왔더니, 몸도 마음도 가뿐하고 좋았다.

나이를 먹어 가다 보니 요즘 드는 생각이 나도 꼰대?

네이버는 꼰대를 다음과 같이 정의하고 있다.

1. 은어로, '늙은이'를 이르는 말.
2. 학생들의 은어로, '선생님'을 이르는 말.

즉, 나이의 많고 적음을 떠나 아집, 편견 등으로 본인이 추구하는 가치가 정답이라는 생각을 갖고 타인의 생각이나 개성을 쉽게 받아들이지 못하는 사람을 지칭하는 단어이다.

프랑스의 똘레랑스(tolérance)가 좋은 예인데 나와 다름을 인정하고 받아들인다는 것이 말처럼 쉽지 않다. 특히 본인의 직·간접 경험으로 특정한 가치관이 형성되어서 쉽게 안 변하는 연령대에서는 정말 어려운 일이다. 그럼에도 사고의 유연함으로 노년기에도 젊은이와 자유롭게 소통하시는 분들을 보면 존경하지 않을 수 없다.

다름을 인정하는 것, 다른 말로 표현하면 타인의 가치를 존중한다는 것인데 그 가치가 타인에게 불편을 초래한다면 얘기가 달라진다. 예컨대, 흡연자가 공중이 밀집한 거리에서 길빵하는 것은 흡연자의 흡연권이 공중의 건강권을 해치므로 거리에서 흡연권은 적절하게 제약되어야 하고, 똘레랑스라는 이름으로 포용 되어서는 안 된다.

그런 측면에서 나는 매너 있는 사람을 보면 참 기분이 좋다. 자신의 취향을 추구함에도 남을 배려하는 것이 몸에 밴 사람, 나는 그런 사람이 되고 싶다.

16

인연에 대하여

나는 법정 스님의 글을 좋아한다.

스님의 책을 읽고 나면 마음이 정화되는 느낌을 받는다. 가끔 스님의 향기가 그리울 때면 성북동 길상사에 들러 스님 글귀에 귀 기울여 본다.

우리는 가족, 학교, 직장, 친구, 연인 등 수많은 관계 속에서 이런저런 인연을 맺고 살아가는데 이런 인연들이 우리 삶을 풍요롭게 하기도 하지만 한편으론 힘들게 하기도 한다. 관계는 일방적이지 않기 때문에 어느 한쪽에서 보내는 에너지를 상대방이 잘 받아 주어야 하고, 또 상대방이 보내는 기운을 잘 품어 줄 수 있어야 좋은 관계로 나아갈 수 있다. 살아가면서 좋은 인연을 만나는 것은 큰 행복이다.

인연을 바라보는 두 분의 상반된 내용의 글이 있어 다시 읽어 보았다. 같은 책을 어렸을 때 읽었던 것과 나이를 먹어서 다시 읽었을 때 아주 다르게 읽히기도 한다. 두 분의 글도 그렇다.

먼저 법정 스님의 글을 읽어 보자.

「진정한 인연과 스쳐 가는 인연은 구분해서 인연을 맺어야 한다.

진정한 인연이라면 최선을 다해서 좋은 인연을 맺도록 노력하고, 스쳐 가는 인연이라면 무심코 지나쳐 버려야 한다.

그것을 구분하지 못하고 만나는 모든 사람들과 헤프게 인연을 맺어 놓으면 쓸만한 인연을 만나지 못하는 대신에 어설픈 인연만 만나게 되어 그들에 의해 삶이 침해되는 고통을 받아야 한다.

인연을 맺음에 너무 헤퍼서는 안 된다. 옷깃을 한번 스친 사람들까지 인연을 맺으려고 하는 것은 불필요한 소모적인 일이다. 수많은 사람들과 접촉하고 살아가고 있는 우리지만, 인간적인 필요에서 접촉하며 살아가는 사람들은 주위에 몇몇 사람들에 불과하고, 그들만이라도 진실한 인연을 맺어 놓으면 좋은 삶을 마련하는데 부족하지 않다.

진실은 진실한 사람에게만 투자해야 한다. 그래야 그것이 좋은 일로 결실을 맺는다. 아무에게나 진실을 투자하는 것은 위험한 일이다. 그것은 상대방에게 내가 쥔 화투패를 일방적으로 보여 주는 것과 다름없다. 우리는 인연을 맺음으로써 도움을 받기도 하지만 그에 못지않게 피해도 많이 당하는데 대부분의 피해는 진실 없는 사람에게 진실을 쏟아부은 대가로 받는 벌이다.」

이번 글은 피천득 선생님의 글이다.

「어리석은 사람은 인연을 만나도 인연인 줄 알지 못하고, 보통 사람은 인연인 줄 알아도 그것을 살리지 못하며, 현명한 사람은 옷자락만 스쳐도 인연을 살릴 줄 안다. 살아가는 동안 인연은 매일 일어난다. 그것을 느낄 수 있는 육감을 지녀야 한다. 사람과의 인연도 있지만, 눈에 보이는 모든 사물이 인연으로 엮여 있다.

(중략)

그리워하는데 한번 만나고는 못 만나게 되기도 하고, 일생을 못 잊으면서도 아니 만나고 살기도 한다. 아사코와 나는 세 번 만났다. 세 번째는 아니 만났어야 좋았을 것이다.」

모든 일은 시작과 끝이 있고, 사람과 만남에도 시작과 끝이 있게 마련이다. 시절 인연으로 관계가 시작되어 서로 교감을 쌓다가 인연이 다되면 헤어질 수도 있다. 소중한 추억을 만들어 준 상대방에 대한 감사와 함께 서로의 앞날을 축복해 줄 수 있다면 멋진 헤어짐이 될 것 같다.

이병헌 주연의 영화 〈달콤한 인생〉 감성을 터치하는 인트로 및 클로징 멘트, 참 좋다.

「어느 맑은 봄날, 바람에 이리저리 휘날리는 나뭇가지를 바라보며, 제자가 물었다. "스승님, 저것은 나뭇가지가 움직이는 겁니까, 바람이 움직이는 겁니까?" 스승은 제자가 가리키는 것은 보지도 않은 채, 웃으며 말했다. "무릇 움직이는 것은 나뭇가지도 아니고 바람도 아니며, 네 마음뿐이다."」

「어느 깊은 가을밤, 잠에서 깨어난 제자가 울고 있었다. 그 모습을 본 스승이 기이하게 여겨 제자에게 물었다. "무서운 꿈을 꾸었느냐?", "아닙니다.", "슬픈 꿈을 꾸었느냐?", "아닙니다. 달콤한 꿈을 꾸었습니다.", "그런데 왜 그리 슬피 우느냐?" 제자는 흐르는 눈물을 닦아 내며 나지막하게 말했다. "그 꿈은 이루어질 수 없기 때문입니다."」

17

가족

이 책을 탈고하기 며칠 전인 4월 초, 집안에 조사(弔事)가 있었다.

갑작스러운 사고에 모든 사람이 당황했다. 하지만, 가족과 친척, 이웃사촌이 함께 해줘서 많은 위로가 됐다.

살아가다 보면 예상치 못한 사고나 일이 생기기 마련이다. 그럴 때 가장 힘이 되는 존재는 가족이다. 부모 형제, 삼촌, 이모(부), 고모(부), 사촌 등 가족은 안 좋은 일이 있을 때 특히 그 존재의 고마움이 크게 느껴진다. 함께 장례를 준비하고, 밤을 지새우며, 함께 울고 위로한다. 그래서 기쁨은 나누면 배가 되고, 슬픔은 나누면 반이 된다는 말이 생겼나 보다.

이번 일을 겪으면서 그동안 내가 가족, 친척들에게 너무 신경을 못 썼음을 알게 되었다. 사촌 형·동생들의 연락처도 모르고, 이모(부), 고모(부)께 안부 문자 제대로 넣어본 적이 없었다. 하지만, 그분들은 궂은일 먼 거리를 마다하지 않고 달려와서 슬픔을 함께해 줬다. 가까이 사는 사촌 동생 영종이는 내가 소식을 듣고 수원에서 광주 장례식장에 도착하기 전에 먼저 가서 나 대신 일을 처리하고 있었다. 또한 외숙은 경험이 부족한 나에게 많은 조언을 해 주시는 등 장례 절차가 무사히 진행되도록 큰 도움을 주셨다. 이글을 통해 진심으로 감사하다는 말씀을 드린다. 앞으로 나도 사촌 형·동생들과 자주 교류하고 내가 도울 수 있는 부분은 적극적으로 돕고, 도움을 받을 수 있는 부분은 받으면서 서로 친밀한 관계를 유지하도록 노력할 것이다.

지나고 나니 가장 가깝고 편한 사이지만, 서로 따뜻한 말 한마디 제대로 나누지 못했다. 힘든 일은 없는지 안부 전화도 하고, 커피도 한 잔 마시며, 맛있는 저녁도 함께할 수 있었는데 그러지 못해서 미안하다. 그가 있어서 든든하고 인생이 더 풍요로웠는데 그 고마움에 감사하지 못했고, 갑작스럽게 그를 떠나보내게 돼 아쉽다. 그대 부디 좋은 곳에서 영면 하소서.

  산 사람은 시간이 걸리겠지만 각자 자기 인생을 열심히 살아갈 것이다. 나도 내 일을 열심히 할 것이고, 또 그의 가족이 그렇게 할 수 있도록 있는 힘껏 도울 것이다. 모두 건강하시라. 그리고 떠난 뒤 후회하지 말고, 있을 때 잘하자.

제2부

시련은 홀로 서기 위한
과정일 뿐이다

1
이백 영구; 시골 촌놈 눈 뜨고 코 베이다

지금 같으면 이해할 수 없는 일이 되었지만, 내가 수습을 받았던 2000년대 후반의 수습 노무사는 노동법상 근로자가 아니라는 인식이 일반적이어서, 교통비 정도인 월 50만 원 내외(식비 별도) 정도의 수습비를 지급하는 법인이 많았다. 그러면서 제대로 된 노무사 일을 배울 기회는 적고, 이유서나 답변서 일부 작성, PPT 교육안 작성 등의 일을 하는 경우가 많았다.

물론 규모가 큰 법인 등은 실제로 제대로 일을 시키고 거기에 합당한 임금을 지급하기도 했지만, 이런 경우는 드물었다. 더구나 수습을 원하는 법인은 많지 않은데, 수습 과정을 마쳐야 할 노무사는 많았기 때문에 수요-공급의 법칙에 따라 공급자인 수습 노무사의 지위는 더 열악했다.

나는 당시의 노무사 수습 제도가 나름의 큰 포부를 갖고 합격한 많은 신입 노무사의 자격사에 대한 자부심에 큰 상처를 주고, 업(業)에 대한 회의감을 갖게 만드는 대단히 잘못된 제도라고 생각했다. MZ세대 노무사들은 교육과 실습이라는 수습 제도의 취지에 맞게 양질의 수습 기간을 거쳐 노무사로서 첫발을 잘 내딛길 기원한다.

무슨 일이든 첫 단추를 잘 끼워야 한다. 그 책임은 우리 선배 노무사나 정책입안자의 몫이며, 그렇지 못한 경우 피해는 우리 전체 노무사와 의뢰인인 회사와 근로자에게 영향을 미친다. 마치 의대 정원 확대 논란처럼 전공의 수련생이 그에 대한 합당한 보상이나 근무조건이 갖추어지지 않거나, 미래에 대한 보상이 불안정하게 된다면 의사 전체는 물론 정부와 국민이 피해를 보는 것과 같다.

이야기가 삼천포로 빠졌는데 아무튼, 이 배고픈 수습 노무사를 버티게 해 준 것은 마이너스 통장이었다. 사회생활이나 금융에 관한 지식이 별로 없던 이십 대 후반의 시골 촌놈에게 마이너스 통장은 도깨비방망이와 같았다. 한번은 수습을 시작하기 전 시험합격 동기 노무사 모임에서 알게 된 분을 따라서 강남 술자리에 간 적이 있었다. 동향이라고 친한 척을 하며 나를 데려간 자리는 본인의 지인에게 자기가 노무사 시험에 합격했다고 자랑하려고 만든 자리였다. 고급 일식집에서 조용히 담소를 나누며 활어회를 안주 삼아 소주잔을 주고받으면서 분위기가 무르익자 점점 목소리가 커지기 시작했다. 그런데 갑자기 두 분이 시비가 붙어 분위기는 급격히 얼어붙었고, 식당 밖에 나가서 한판 싸움이 붙었다. 강남(선릉역) 유흥가 한복판에서 발차기와 주먹다짐을 한두 번 주고받자 삼삼오오 사람들이 몰려들었다. 그런 시선이 부담스러웠는지 두 사람은 싸움을 멈추고 가게로 들어와 옥신각신하다 헤어졌다.

그 사건 1주 후 그 노무사님이 또 다른 술자리를 만들어 다른 동기 노무사 몇 명을 섭외했고, 나는 가기 싫었지만 어쩔 수 없이 참석하게 되었다. 고급 음식점에서 술잔을 돌리며 흥에 겨워 부어라 마시라 하다 보니 한두 명씩 사라지고, 결국은 그 자리를 만든 노무사님과 나만 남게 되었다. 그분은 지난번에 자기가 계산했으니 여기는 나보고 계산하란다. 헐. 서울은 눈 뜨고 코 베는 세상이라더니 딱 내 신세가 그랬다. 세상에 공짜 밥, 공짜 술은 없다는 걸 그때 배웠다. 누가 술

사준다, 밥 사준다고 하면 일단 의심해 보아야 한다. 물론 좋은 사람도 있고, 주변 지인을 잘 챙기는 사람도 있겠지만, 십중팔구는 어떤 꿍꿍이가 있는 것이다. 그러니, 술 한잔 얻어먹었으면, 맘 편하게 다음번에는 내가 살 차례라고 생각하길 바란다.

나는 그날 카드로 수십만 원을 긁었고, 그 돈은 마이너스 통장에서 신속 정확하게 빠져나갔다. 그 후 이를 알게 된 친한 동기 몇 명이 이를 과장해 나를 '이백 영구'라고 불렀다. 이백 영구라니 참 한심하다.

그일 이후 나는 통이 더 커져서 돈 무서운지 모르고 몇 달 동안 계속 카드를 긁고 다녔다. 이제 곧 수습이 시작되고, 수습 과정을 마친 후 본격적으로 일을 시작하면 많은 연봉을 받을 거라는 환상을 갖고 있었다. 하지만, 돈 버는 게 그렇게 쉬운 일이 아니었다.

수습 딱지를 뗀 이후 소규모 노무법인의 급여 수준은 2000년대 후반 당시 월 기본급 200~250만 원 정도(식비 및 인센티브 별도)를 받았는데, 나의 기대에 훨씬 못 미치는 수준이었다. 나는 계속 카드를 긁었고, 어느 순간 마이너스 통장은 한도를 드러내기 시작했다. 젠장! 카드값은 내가 갚아야 하는 빌린 돈이지 공짜가 아니잖아, 이 바보 같은 녀석아! 나는 좌절했고 긴 방황의 서막이 올랐다.

살아가면서 몇 번 그 노무사님을 마주친 적이 있으나 간단히 눈인사만 하고 그냥 지나쳤다. 좀 속 쓰리긴 했지만, 그분 덕분에 세상이 얼마나 무섭고, 돈 벌기가 얼마나 힘든지, 자나 깨나 사람 조심해야 한다는 교훈을 얻었다.

2

나의 서울 생활은 노무사 시험에 합격한 후 신림동 고시촌에 터를 잡고 집체교육 1개월, 노무법인 수습 약 5개월을 수원의 한 노무법인으로 출·퇴근하면서 시작되었다. 수습을 마치고 몇 군데 노무법인에서 짧은 기간 채용 노무사로 일하기도 했지만, 나와 잘 맞지 않았다.

결국 돈도, 인맥도, 그리고 실력과 경험도 없는 초짜 노무사가 한국 나이 서른, 서울특별시 송파구 가락동 서울 동부지방고용노동청 근처 오피스텔에 사무실을 오픈했다. 개업의 이유는 순전히 '돈' 때문이었다. 무절제한 생활로 마이너스 통장 삼천만 원을 거의 다 써 버렸고, 이자 내기도 버거운 상황에 이르렀다. 불과 1년여 만에 말이다.

노무사 시험 합격 후 수습 6개월은 거의 교통비 수준의 수습비를 받았고, 그 이후에도 방향을 제대로 정하지 못해 수입은 불안정했다. 그리고 자취생활에 따른 월세, 생활비 등 고정지출이 많다 보니 마이너스가 순식간에 불어난 것이다. 결국, 마이너스대출 한도를 일억으로 증액하고(당시 노무사로 개업하면 신용대출이 1억까지 나옴) 빚을 빚으로 갚기로 한 것이다.

개업 이후에도 나는 열심히 일하지 않았다. 아니 방법을 몰랐고, 또 정서불안으로 뭔가에 취해있는 것처럼 심리적으로 불안해 하나에 집중하기 힘들었다. 결국 미래에 대한 불안과 업(業)에 대한 회의감으로 1년을 채우지 못하고 폐업을 결정했다.

그리고 한 일이 경찰 간부후보생 공무원 시험을 준비한 것이다. 군 복무를 의무경찰로 다녀왔기 때문에 나름 친근했고, 공무원이라는 안정성에 간부라는 직급이 좋아 보였기 때문이다. 약 8개월 독학으로 이듬해 초 시험을 봤으나 떨어졌고, 바로 시험을 접었다. 특별히 시험에 뜻이 없었고, 심신이 지칠 대로 지쳐 있었다. 무엇을 어디서 어떻게 다시 시작해야 할지 몰랐다.

어떤 날은 오후 3~4시경에 PC방에 가서 미국 드라마 〈프리즌 브레이크〉, 일본 드라마 〈심야식당〉 등 드라마 시리즈에 빠져서 새벽 4~5시경이 되어서야 잠들기 일쑤였다. 또 어떤 날은 맑은 정신으로 동네 도서관에서 책 좀 보다가 저녁에 집 근처 식당에서 동태탕에 '참이슬' 한 병 마시고, 아쉬움에 집에서 '동원참치'와 '새우깡'을 안주로 '참이슬' 두어 병을 더 마시고 잠들곤 했다.

10년이 훌쩍 지나고 나서야 내가 당시 우울증, 불안장애, 알코올중독 증상 등으로 고통받았다는 사실을 깨달았다. 조금 더 일찍 알았더라면, 적절한 치료를 통해 훨씬 나은 삼십대를 보냈을 텐데 아쉽다.

하지만, 죽으라는 법은 없다고 동기 노무사의 소개로 광주가 본사인 노무법인 서울 지사에서 채용 노무사로 근무하게 되면서 조금씩 삶이 안정되기 시작했고, 서울 생활도 조금씩 익숙해졌다.

서울에서의 삶은 신림동 고시촌에서 시작해, 송파구 가락동에 사무실을 오픈했다 폐업하고, 관악구 서림동으로 이사 후 노무법인○○ 채용 노무사로 영등포구 양평동 사무실로 출·퇴근한 기간이 가장 길다.

법인에서 근무하는 동안 지금은 단종된 산타모 LPG 법인차량을 몰고 다녔는데, 주로 산재보상 및 회원사 관리업무를 담당했다. 지방 출장이 많았기 때문에 인천, 충청도, 강원도 등지를 운전하며 보낸 시간이 많았다. 법인차량은 사무실 근처 영등포구청 공영주차장 또는 사무실 근처 건물의 유료 주차장 월권을 끊어 주차해 두고, 출퇴근은 지하철과 버스를 이용했다. 그 이유는 서울은 출퇴근 시간대 차가 너무 많이 막히고, 집에 주차 공간이 부족해 주차가 어려웠다. 특히, 차가 오래됐기도 하고, 옆면과 후면에 산재 무료 상담 노무법인 ○○ 1588-○○○○ 광고 스티커가 붙어 있어 사적으로 사용하기에는 조금 부끄러웠다.

나는 법인차량에 '구라'라는 애칭을 붙였는데, 연료게이지 등 제대로 작동되지 않은 계기판 구성품이 몇 개 있었기 때문이다. 구라는 오랜 기간 나의 발이 되어준 너무나 고마운 존재였다. 구라를 타고 인천과 서부간선도로, 서해안고속도로를 참 많이도 달렸다. 하지만, 고장이 자주 나서 내가 중고차를 새로 사면서 구라는 법인 본사로 보내졌고, 몇 개월 뒤에 폐차됐다고 들었다.

나는 물건과의 인연도 있다고 믿는다. 그래서 이 글을 통해 나에게 와서 인연이 되어준 구라에게 고마운 마음을 전한다.

'구라야, 덕분에 전국 각지를 유랑할 수 있었고, 답답할 때 너를 타고 인천 월미도, 영종도 을왕리로 달려가 바닷바람을 쐬고 나면 기분이 한결 나아지곤 했어. 때론 에어컨에서 흰 연기가 올라와 당황도 했고, 갑자기 도로에서 서버려 무서워 죽을뻔한 적도 있었지만, 다 지난 추억으로 지금은 웃으며 말할 수 있어 다행이라고 생각해. 그동안 진심으로 고마웠어.'

퇴근하거나 주말이면 신사리(신림사거리)에서 주로 지인들을 만났고, 2호선 주변을 따라 합정, 신촌, 홍대 등지에서 대학 동기 악마, 직장동료 Y팀장과 신 노무사님, 시골 친구 워렌정, 영채 형, 성계 형, 우영 형 등과 술 마시고, 캠핑 등을 다니며 서울에서 이십 대 후반부터 삼십 대 중반까지 살았다.

이 시기 서울에서의 삶을 돌이켜 보면 바람에 흔들리는 갈대처럼 중심을 잡지 못한 '삼십춘기'라고 정의할 수 있겠다.

3

롯데월드타워와 신세계백화점; 현실도피처

내가 현실에 지쳐서, 노무사 일이 싫어서, 내가 미워서 도망친 방법은 전혀 다른 일을 해 보는 것이었다. 지상 123층, 높이 554m의 대한민국 초고층 건물 롯데월드타워는 세계에서 6번째로 높은 건물로 2010년 11월에 착공해서 2016년 12월에 완공되었으며, 공사비가 무려 4조 2천억 원이 들었다고 한다. 그중 나의 인건비 140만 원도 포함되어 있을 것이다.

나는 불안장애로 인한 현실도피로 내 몸을 혹사하는 방법을 선택했다. 한겨울에 찬바람을 맞으며 서림동에서 잠실까지 새벽 4시에 일어나서 버스와 지하철을 갈아타고 공사장으로 일하러 나갔다. 당시 롯데월드타워는 이제 갓 3~4층 정도의 건물이 완성되어 가고 있었다.

기술이 없는 내가 할 수 있는 일은 작업반장이 시키는 이런저런 일을 하는 잡부 일이었다. 폼이나 동바리 등의 건축

자재를 옮기거나 정리, 청소 등 시키는 일은 다 해야 했다. 일당은 경력에 따라 책정되는데 나처럼 특별한 기술이 없으면 2010년대 초반 당시 일당 7~8만 원 정도 받았다. 7시가 되면 조회(작업 전 안전 점검 회의, Tool Box Meeting)를 시작하고, 작업반장이 조를 나눠 일거리를 부여한다. 일의 힘듦의 정도는 순전히 당일 운이다.

감투가 사람을 만든다고, 허름한 작업복을 입고 막노동 건설 현장에서 일을 하다 보면 딱 그 수준의 생각만 하게 된다. 어떻게 하면 조금 더 요령을 부릴까 하면서 작업반장 눈치를 보다가 점심시간이 되면 잽싸게 밥을 먹고 낮잠을 잔다. 오후에는 시간이 더 안 간다. 발걸음은 무겁고, 팔다리는 쑤시고, 허리는 아프다. 추위와 먼지를 뒤집어쓰고 여기저기 불려 다니며 일하다 보면 저녁 5시에 퇴근이다. 오늘 하루도 무사히 끝났다.

막노동은 5일 연속해서 일하기 힘든데 그것은 일 자체가 고되기도 하지만, 전날 술 한 잔 마시면 다음 날 하루 정도는 쉬어줘야 회복이 되고, 다시 일할 의지가 생기기 때문이다.

겨울에 막노동은 너무 춥고, 체력적으로 힘들었다. 그래서 새롭게 찾은 일자리가 강남 센트럴시티터미널(호남선)에 있는 신세계백화점 사설 경비업무였다. 의무경찰로 국방의 의무를 마친 나는 군 복무 중 정부 주요시설(법원 등)에 대한 경비 업무도 했다. 사설 경비는 경비 주체의 차이점 외 거의 비슷하다고 보면 된다. 소위 '뻗치기'라고 해서 특정 장소에서 움직이지 않고 경비하기도 하지만, 일정한 시간을 두고 반복적으로 순찰하면서 점검하기도 한다.

백화점에는 고가 브랜드의 보석, 의류, 상품 등이 진열되어 있으므로 경비는 일정한 루트를 순차적으로 점검하고 이상 유무를 기록에 남겨 다음팀에 인수인계하고 일을 마치는데, 나는 저녁 8시에 시작해서 다음날 아침 8시에 끝나는 야간을 전담했다.

그 외 내가 방황하면서 했던 일은 광장시장에서 아몬드, 땅콩 등 견과류 제품 포장 및 배달 업무를 하루하고 그만둔 적도 있다. 미안하기도 하고, 쪽팔려서 일당을 달라고 하지 않았는데, 하루분 근로의 대가인 임금은 당연히 청구할 권리가 있다. 중이 제 머리 못 깎는다고 내가 딱 그랬다. 지금은 임금채권의 소멸시효 3년, 공소시효 5년이 지났기 때문에 행사할, 처벌할 권리도 사라졌지만 말이다.

한편, 악명높은 택배물류센터 알바를 통해 지옥을 경험한 적도 있다. 사당역 인력센터에 일꾼들이 모이면 간단히 계약서 등 서류를 작성하고, 정해진 시간에 전세버스가 와서 일꾼들을 싣고 이천 물류센터에 데려다준다. 인솔자가 와 사람들을 나눠서 각자 구역을 정해주면 그때부터 강도 높은 노동이 시작된다. 택배 상자를 하차하고, 쉴 새 없이 밀려드는 컨베이어 벨트 위에서 택배 상자 분류 후 택배 상자 상차(上車) 순으로 진행된다. 저녁 12시부터 새벽 1시까지 식사 및 휴식 시간을 갖고 다시 컨베이어 벨트에 서서 후반전 일을 시작한다.

정말 집에 가고 싶은 마음이 굴뚝 같지만, 이천에서 서울까지 걸어갈 수도 없는 노릇이고, 일당은 받아야지 하면서 이를 악물고 간신히 버텼다. 이 일은 내가 해 본 일 중에 가장 힘든 일이었다. 정신 제대로 차리고 싶으신 분은 꼭 택배 알바를 해 보시길 강추한다. 스무 살 혈기 왕성할 때 군 입대 전 또는 군 제대 후 호연지기(浩然之氣)로 며칠 하는 것은 괜찮을 것 같지만, 너무 객기 부리지는 말자.

이런 알바 등을 통해서 배운 것이 있다.

첫째, 안 다쳐야 돈 버는 거다.

둘째, 내 일이 가장 쉽고, 가장 잘할 수 있는 일이다. 도망치려고 발버둥 쳤지만, 결국 3개월 만에 노무사로 복귀했다.

지금 생각하면 막노동 일을 하면서 다치지 않아서 천만다행이라고 생각한다. 산업재해는 언제, 어디서, 누구에게나 일어날 수 있고, 특히 숙련되지 못한 첫날 일당제 근로자가 다치는 경우를 참 많이 봤다. 참고로 일용직 근로자는 일당의 73%(일용근로계수 적용)를 평균임금으로 보고, 그 평균임금의 70%를 승인받은 요양 기간 휴업급여로 지급하고, 치료가 끝난 후 장해가 남으면 장해등급에 따라 법정 보상 일수에 위 방식으로 산정한 평균임금을 곱해서 지급한다. 한편, 일용직이 아닌 근로자는 사고 직전 3개월 동안 지급된 임금 총액을 그 기간 총일수로 나눠서 산정한 평균임금으로 휴업급여, 장해급여 등의 보상을 받는다.

4

싱글 인의왕: 전원도시에서 심리적 안정을 찾다

약 3년간의 법인 채용 노무사의 생활에 점점 지쳐 갔다.

매출은 점점 떨어졌고, 우울감과 무기력함이 나를 억눌렀다. 나의 일과는 보통 아침 8시 30분까지 출근해 PC를 켜서 이메일을 확인하고, 이것저것 인터넷 서핑을 하는 것으로 시작된다. 그러다가 9시 반경에 대표님께 하루 일정을 유선으로 보고하고 외근을 나가거나, 사무실에서 서면 작업 등을 하고 저녁 6시 30분 전후에 퇴근했다.

내가 일한 노무법인은 산재보상을 전문으로 하는 법인으로 나는 원무과 담당자나 의뢰인인 산재 환자를 만나기 위해 병원에 가는 날이 많았다. 산재보상 사건을 맡는 경로는 지인의 소개, 전화나 인터넷 등을 보고 찾아오거나, 병원에서 환자를 직접 만나는 등 영업활동을 통해서이다.

사건 수임이 저조하면, 직접 병원에 영업하러 가는데 산재 환자나 어선원 재해 환자가 많은 병원 원무과 담당자를 만나서 인사를 나누고, OS(정형외과) 병실을 돌면서 명함을 뿌리기도 한다. 이를 전문용어로 '베드(bed) 탄다'고 표현한다. 베드를 타는 일은 주로 외근 사무장이 하는데 친한 원무과 직원이 있거나, 환자가 많은 병원을 찾아다닌다. 나는 그런 일이 쪽팔리고, 하기 싫었지만, 매출을 늘리기 위해서는 하기 싫은 일도 해야 할 때가 있다고 나를 달래며 종종 베드를 탔다.

인천에 소재한 ○○종합병원은 유달리 산재 및 어선원 환자가 많아 변호사 사무장이나, 노무법인 사무장, 보험사 직원 등이 자주 다니는 병원 중 하나였다. 한번은 이 병원에서 베드를 타다 병원 관리 이사라는 사람이 영업하고 있는 나를 발견하고 잠깐 얘기를 하자며 본인 사무실로 나를 불렀다. 자기 병원에서 영업하지 말라는 얘기를 대단히 기분 나쁘게 비꼬며 얘기했다. 나는 평소에는 조용하고, 차분하지만 뚜껑이 열리면 앞뒤 안 가리고 받아치는 성격이라, 그 관리 이사와 대판 싸웠다.

그런 일을 한번 겪게 되면 자존감이 확 떨어지는데, 내가 이러려고 힘들게 노무사가 되었나 자괴감이 든다. 병원 옥상에 올라가 담배를 한 대 물고, 친한 동료인 Y팀장에게 전화해 하소연한다. 그래도 화가 안 풀려 월미도 해변을 걷다가 사무실로 복귀해 Y팀장과 소주 한잔 마셨다.

그 일 후 나는 점점 움츠러들고, 의기소침해지는 날이 많아졌다. 얼굴에는 생기가 사라졌고, 그렇게 6개월을 버티다 회사를 그만뒀다. 그런데 신기하게도 퇴사 후 1주일 정도 지나니 마음이 너무 가볍고, 기분도 한결 좋아졌다. 하기 싫은 일을 억지로 하다 보니 병이 난 것이었다.

도림천을 따라 보라매공원을 산책하고, 관악산도 올랐다. 한 달 정도 시간이 지나자, 컨디션이 정상으로 돌아왔고, 나는 수원에 있는 노무법인에서 파트너로 일을 시작했다. 임대차 계약 기간이 3~4개월 남아 서울에서 출·퇴근하다 의왕의 한 오피스텔로 이사했다.

의왕에서의 삶은 만족도가 높았다. 일단, 월급쟁이가 아니라 일정대로 자유롭게 움직이며 일하면 되었고, 내가 일한 만큼 내 수입이 정해지니 내 스타일대로 강약을 조절하며 일했다.

한편, 의왕은 서울과 달리 전원도시 느낌이 강했고, 집 근처에 왕송호수가 있어 산책하기 좋았다. 또한 의왕시는 조금만 가면 와불이 있는 청계산이 있어 산책이나 등산하기에도 좋은 인구 15만 명의 아담한 전원도시다. 의왕에 살면서 불안을 덜 느꼈는데 그것은 자연을 접할 기회가 많고, 빡빡한 도시의 복잡함이 없었기 때문인 것 같다.

하지만, 문제는 다른 곳에서 발생했다.

1년 정도는 기존 거래처 등을 통해 사건을 수임하며 매출을 유지해 왔는데, 밑천이 드러났는지 일거리가 점점 줄어들고 있었다. 그래서 더 나이 먹기 전에 정착해서 자리를 잡으려면 차라리 연고(緣故)가 있는 광주가 사업환경이 더 낫지 않을까 생각하게 되었다.

나는 일단 생각이 서면 속전속결로 밀어붙이는 성격이라 10여 년의 수도권 생활을 과감히 정리하기로 결심했다. 큰 짐은 다 버리고, 옷과 생활 잡기 등만 간단히 챙겨서 시골 친구 워렌정과 내 차 두 대에 나눠 싣고 의왕을 떠났다. 그때는 내가 다시 수도권으로 올라올 거라곤 전혀 예상하지 못했다.

5

싱글 인 광주; 연고(緣故)에서 노무사 사무실을 열다

나는 전남 화순의 한 사립고등학교를 졸업했다.

2년을 기숙사에서 살았고, 2학년 때 1년은 광주 할머니 댁에서 버스를 타고 등·하교했었다.

또 시골 친구들이나 지인들이 광주에 많고, 광주에서 대학교를 나왔기 때문에 본가는 전남 보성이지만, 나의 연고(緣故)는 광주에 많다.

노무사가 된 지 10년 만에 다시 광주로 돌아와 2017년 초부터 2021년 말까지 약 5년간 싱글 라이프를 즐겼다.

수도권과 지방의 집값은 하늘과 땅 차이로 훨씬 저렴한 임대료에 넓은 방과, 주차장 그리고 퇴근 시간대 일부 구간만 벗어나면 뻥 뚫린 교통 등 생활의 질이 훨씬 좋았다. 본가와도 가까워서 자주 어머니를 찾아뵐 수 있어서 좋았고, 고등학교 친구들과 대학교 선배 등 학연과 지연으로 자연스럽게 연결될 수 있어 외로움과 답답함이 덜했다.

　건설사를 다니는 신호 형은 대학교 동문으로 자문사 및 여러 지인을 소개해 주었고, 내가 광주에서 정착할 수 있도록 많은 도움을 주었다. 확실히 홈그라운드의 이점이 있었지만, 지방은 좁은 동네였고, 인맥이 서로 중첩되기도 했다. 한 다리만 건너면 서로 알 수 있어 조심해야 하는 부분도 있고, 동네 터줏대감이 있어 기존 시장을 뚫기도 쉽지 않았다.

　법인 사무실을 함께 공유했던 육 대표는 노무사 합격 동기이자 대학 동문으로 대학교에서 노무사 2차 시험 논술 스터디를 함께한 인연이 있고, 노무사 합격 후 초기 내가 방황할 때 법인을 소개해 줘 지사는 다르지만 같은 법인 소속 채용 노무사로 근무하는 등 각별한 인연이 있다. 가끔 일과를 일찍 정리하고 사무실 근처 '푸라닭 치킨'에서 소맥 한잔 마시거나, 점심에 김치찌개와 제육볶음, 들기름 계란말이를 시켜 반주 한 잔 기울였던 그 시절이 가끔 그립기도 하다. 이 두 사람과는 현재도 깊은 인연을 이어가고 있고, 평생 함께할 소중한 사람들이다.

광주에서의 싱글 라이프는 오전에는 재택근무, 오후에는 사무실에서 미팅, 문서작업 등을 하거나, 사업장 방문 및 상담 등 외근업무를 다녔다. 또한 어학에 관심이 많아 퇴근 후 전남대학교 언어교육원에서 일본어 회화 및 중국어 회화 수업에 참여하기도 했다.

쉬는 날에는 우리 집 맞은편 ○○아파트에 살던 불알친구 문 사장과 종종 만나 술을 마셨고, 구례 Rock 페스티벌, 캠핑, 여행 등을 함께하며 삼십 대 후반의 외로움을 달랬다. 그런데 그 친구가 갑자기 머리를 심더니 얼마 안 돼 결혼하면서 오랜 술친구를 잃어버렸다.

한편, 광주는 남도의 중심이자 맛의 도시이다.

그만큼 음식이 맛있고, 주변 도시로 교통이 편리해 가볼 만한 곳도 많다. 내가 갔던 곳 중 좋았던 몇 곳을 소개하면, 5.18 민주화 운동 역사에 관심이 있다면 반드시 '국립 아시아 문화의 전당(ACC)'에 들러 보기를 추천한다. 구(舊) 전남도청, 전일빌딩 인근, 충장로와 금남로를 거닐며 그날의 역사를 더듬어 보는 여행도 의미 있을 것이다. 그러다 배가 고플 때, 조금만 걸어가면 동명동이 있는데 '미미원'에서 소고기 육전을 먹고, 아기자기한 카페에 들어가 커피 한잔 마시면 후회하지 않을 것이다. 떡을 좋아한다면 '창억떡집'을 들어가 보시라. 쫀득쫀득 달콤한 호박 인절미가 기가 막힌다. 나는 아직도 가끔 쿠팡에서 주문해 먹는다. 동명동에서 주차는 '국립아시아문화의 전당(ACC)' 주차장(유료)을 이용하거나, 서석교회 주차장(당시 무료)을 이용하면 된다.

밥 먹고 커피까지 마셨으면 이제 가볍게 조선대학교 캠퍼스를 거닐어 보자. 매년 5월이면 장미축제가 열리고, 저녁에 대학교 꼭대기 사범대학교에 오르면 광주의 멋진 야경을 감상할 수 있을 것이다.

법인 사무실이 수완지구에 있어서 날 좋은 날 호수공원을 자주 걸었는데, 벚꽃이 피면 산책코스로도 좋다. 시간이 있다면 광주시청이 있는 상무지구 운천저수지, 정부종합청사가 있는 첨단지구 쌍암공원 등을 둘러보면 광주 명소의 절반은 본 것이다.

그리고 광주에는 무등산 국립공원이 있어 산행을 좋아한다면 운동화나 등산화를 챙겨가자. 나는 증심사 코스보다, 원효사 코스를 더 좋아한다. 원효사 코스는 구불구불한 도로를 달리는 차 안에서 우거진 숲속의 산 내음을 실컷 맡을 수 있어 드라이브 코스로도 유명하다.

광주 근교인 영광 백수해안도로, 담양 죽녹원과 소쇄원, 장성 백양사, 함평 돌머리해변, 화순 운주사 와불, 보성 율포 해수욕장 및 녹차밭 등도 차로 1시간 이내에 갈 수 있다.

위에 소개한 광주 근교는 내가 가끔 답답할 때 드라이브 가서 커피도 마시고, 거닐던 곳으로 실망하지 않을 것이다. 단, 기대가 너무 크면 실망하는 법이니 광주에 출장이 잡히 거나 갈 일이 생기면 한번 둘러본다는 생각으로 가보면 후회 하지 않을 것을 내가 장담하겠다.

6

싱글 인 전주; 벼슬아치가 되다

"나는 대한민국 공무원으로서 헌법과 법령을 준수하고, 국가를 수호하며, 국민에 대한 봉사자로서 임무를 성실히 수행할 것을 엄숙히 선서합니다."

공무원으로 임용되면 반드시 해야 하는 선서이다. 나 역시도 기관장 앞에서 선서하고, 임용장과 꽃다발을 받았다. 하지만, 고작 6개월 만에 사직했다. 주변에서는 정년이 보장되고, 노무사 경력을 인정받아 호봉도 낮지 않고, 승진하면 더 좋아질 텐데 너무 빨리 선택한 것 아니냐는 의견이 많았다.

하지만, 하루하루가 힘들었다. 자영업자로 새처럼 자유롭게 하늘을 날면서 살다가 닭장 속 닭처럼 살려니 답답했다. 하루하루 일에 치여 주말만 기다리는 삶을 끝내고 싶었다. 보고(報告) 및 결재(決裁), 부서 간 알력과 상명하복의 조직문화, 그리고 끊임없이 밀려드는 문서작업에 숨 막혔다.

임용되고 한 달은 관료제 조직의 체계적인 운영, 새로운 사람들, 전북의 유명한 지역을 둘러볼 수 있어서 좋았다. 하지만 허니문 기간이 끝나자마자 우리 과에 일이 생기면서 분위기가 급격히 얼어붙었고, 업무량은 계속 늘어나 야근이 일상화되었다. 집에 초대해 몇 번 술자리를 가졌을 정도로 친분이 있었던 주무관님은 더욱 바빠졌다. 딸이 한 명 있고, 출산휴가에 들어간 배우자가 언제 들어오냐고 재촉 전화를 하는데 일을 끝내지 못해 퇴근할 수 없어 쩔쩔매는 그의 모습을 보자니 더 안타까웠다. 비록 보수는 낮지만, 업무강도도 낮고 칼퇴근이 가능한 직업이라는 공무원에 대한 나의 잘못된 인식이 깨지는 순간이었다.

나의 분장사무는 산업안전, 「중대재해처벌법」 대비, 노무관리, 노사관계 기타 부서장이 지정하는 업무였다. 특히 2021년 1월 27일 시행 예정이었던 「중대재해처벌법」 대응을 위해 산하 조직의 준비 상황을 점검하고, 미비한 부분을 시정하도록 관리하는 업무가 중요했다. 따라서 현재 진행 상황을 점검해 본부에 보고하고, 공문서 기안(起案), 영상회의 진행 및 세종시 본부에서 열리는 회의 참석 등의 업무를 수행했다.

공문서는 기안자가 작성해 과장님, 국장님, 그리고 청장님 순으로 결재를 거쳐 최종 시행된다. 사안에 따라 국장님 또는 과장님 전결(專決)로 수월하게 시행하기도 하지만, 대부분 공문서는 단계별로 결재를 거치면서 기안은 여러 번 수정되기 마련이다. 한번 시행된 공문서가 잘못 시행되면 결재 라인에 있는 모든 사람이 책임져야 한다. 또한 이미 시행된 공문서는 되돌릴 수 없고, 재기안을 통해 문제를 바로 잡아야 하므로 조직의 분위기는 살얼음판이다. 나는 이런 경험을 몇 번 했는데 인수인계를 제대로 받지 못해 문서 시행기한을 놓쳐 본부에 시말서(始末書)를 제출한 적도 있다. 또 한번은 산업안전보건위원회 개최 알림 문서를 기안하면서 전임 근로자위원의 이름을 그대로 내보낸 적도 있다. 크게 혼나고 나서 과장님, 계장님께서 나를 위로해 준다고 술 한잔 사주셨던 기억이 생생하다. 지금 생각해도 아찔하고 부끄러운 일이지만, 시간이 약이라고 피식 웃음이 난다.

한편 공무원은 사무관(5급) 이상은 간부급으로 본부조직에서 근무하는 것이 아니라면 지방청이나 현업부서에서는 실무는 거의 하지 않는다. 기안이 올라오면 결재하고, 회의 참석과 부서원 관리를 주 업무로 하는 지휘관이라고 보면 된다. 실제 과의 업무는 주사(6급)와 주사보(7급)에 집중되어 있고, 하루에도 수많은 문서를 기안한다. 또 본부에서 요청한 자료 및 문서를 산하 조직에 시행하고 통계를 만들어 다시 본부에 보고하거나 국회 등 외부 기관의 요청 자료 등을 준비하느라 하루하루가 바쁘다. 상대적으로 서기(8급)와 서기보(9급)는 주로 팀이나 부서에서 비중이 적은 업무를 맡고, 총무로 경조사를 챙기고, 간식비 등의 과비를 걷고 관리하는 일을 맡곤 한다.

공무원 조직은 관료제 사회로 마치 군대처럼 움직인다. 내가 신기했던 점은 식사도 수석 계장이 과장에게 보고해서 부서원 전원이 함께 이동하고, 모든 부서원이 다 먹으면 함께 자리에서 일어나 식사를 마치는 모습이었다. 물론, 개인적인 일이 있으면 사전에 양해를 구하고 따로 먹거나, 먼저 일어나기도 한다. 군대에서 그렇게 생활한 적이 있지만, 이후 단체생활을 하지 않은 나로서는 생소했다. 이런 조직 생활이

자율과 개성을 중시하는 MZ세대와는 잘 안 맞는 측면이 있지만, 한편으론 외톨이를 방지하고 부서원끼리 소통하는 시간을 확보하는 긍정적인 측면도 있는 것 같다.

내가 공무원으로 근무했을 당시에는 코로나19가 심각했던 시기라 회식 등이 자유롭지 못해서 동료들과 함께 술자리를 많이 못 한 것이 못내 아쉬웠다. 임용 첫날 과장님과 계장님 두 분이 간단히 '남노갈비'라는 물갈비 가게에서 술자리를 겸한 환영회를 해 주셨다. 한편, 퇴사를 앞두고 친한 여성 주무관 세 명과 전주 신시가지 '김형제의 고기철학'에서 술 한잔 마시며 즐겁게 뒷담화를 한 번 나눴는데, 나도 같은 부서원이구나 하는 동질감을 느꼈다. 물론 그들은 내가 그만둘 거라는 사실은 알지 못했고, 추후 양해를 구했다.

퇴직원 제출 후 신원조회가 끝나고 청장님 최종 결재 전 사업지원 국장님이 나와 친했던 다른 과 주무관님과 나를 조용히 불러 신시가지 '장수농장'에서 맛있는 한우를 구워 주시며 그동안 고생했다고 소주를 사 주셔서 흠뻑 취해 집에 걸어간 기억이 있다. 아직도 국장님의 그 따뜻한 마음이 느껴져 감사하다.

보통 전주하면 한옥마을과 비빔밥이 먼저 떠오르기 쉬운데, 나는 신시가지에 있는 콩나물국밥집 '오래옥', 중국집 '홍루몽', 삼겹살집 '전주식당', 임실에 있는 카페 '애뜨락', 익산에 있는 카페 '왕궁다원', 완주 소양에 있는 카페 '오스갤러리', 김제 금산사가 먼저 생각난다.

옆 동네 군산에 가면 근대역사박물관, 근대미술관, 군산세관, 신흥동 일본식 가옥, 유명한 빵집 '이성당'에 한번 들러보시길 추천한다.

7

싱글 인 순천; 남도에서의 힐링

나는 ○○공사 광주·전남 지역본부 노무사 경력직 채용 시험에 합격해 전라남도 순천시에서 몇 개월 살았다. 산수 형이 살고 있어 친근하고, 본가도 차로 한 시간이 채 안 걸릴 정도로 가까워 어머니를 자주 볼 수 있다는 장점이 있어서 입사를 결정했는데, 입사 하루 만에 그만두고 싶었다.

특별히 회사에 문제가 있어서가 아니라 그냥 답답하고, 하루 종일 사무실에 앉아 있는 것 자체가 너무 힘들었다. 1초 1분이 너무 길게 느껴질 정도로 시간이 안 갔다.

지금 생각하면 회사(조직) 생활이 나의 공황장애 원인이 된 것 같다. 새로운 사람들과 사귀는 것도, 새로운 조직업무에 적응하는 것도 힘들었다. 벌써 몇 번째 회사인가? 무기력감 이 몰려왔다. 그러다 보니 자꾸 행동반경이 좁아지고, 소극적으로 변했다.

나의 업무는 노사관계 담당이었는데 다행히 예정되어 있던 노조의 파업은 철회되었고, 조직은 안정되었다. 교섭 대표노조는 민주노총 공공운수노조 산하 ○○ 지부가 과반수 노조이고, 임금인상, 교대제 변경, 민영화 반대, 통상임금 소송 등에 대한 교섭안을 두고 노사 간 이견이 좁혀지지 않고 있었다. 하지만, 밤샘 교섭으로 극적으로 교섭이 타결되었고 파업은 철회되었다. 다시 평온한 정시 출근에 정시 퇴근이 이어졌다.

하지만 나의 불안은 출 · 퇴근 시간을 가리지 않고 계속되었다. 흔들리는 나의 마음을 달래 보려고 2시간 연차휴가를 쓰고 여수 오동도를 걷기도 하고, 순천 선암사에 가서 마음을 다잡아 보기도 했지만, 결국 나는 충동적으로 한 달 만에 사직했다.

순천에서 여수까지는 차로 약 30~40분 걸린다. 나는 바다를 좋아하는데, 회사를 그만두기 전에도 매주 주말이면 여수 향일암, 오동도 등지를 거닐었고, 퇴사 후에는 매일 오후에 이순신광장 스타벅스에 앉아 바다를 바라보며 사색에 잠겨 노트북을 두들기며 시간을 보냈다. 5시가 넘으면 스타벅스 아래층 옆 건물 '상무초밥'에서 초밥을 포장해 집에 돌아와 '여수 밤바다(소주)'에 반주하고 잠들었다.

한편, 순천은 교통의 요지로 남해고속도로와 접근이 쉬워 자동차를 타고 동쪽으로 가면 부산·경남지역으로 여행이 편리하고, 서쪽으로 방향을 잡으면 보성, 장흥을 거쳐 목포까지 편리하게 이동할 수 있다.

퇴사 후 산수 형과 1박 2일 통영 굴찜 여행, 남해 보리암 1박 2일 여행으로 심란한 마음을 달랬다.

나는 홀로 여행도 좋아해 순천역에서 무궁화호 기차를 타고 부전역에서 내려 부산지하철로 갈아타고 광안리 해수욕장에 가기도 했다. 광안리 해변을 거닐다 '개미집'에서 낙새(낙지+새우)에 대선 소주 한 병과 하이트 2병을 시원하게 말아 마시고, 숙소에 들어가 맥주 한 캔으로 입가심하고 잠들었다. 아침 일어나 숙소에 마련된 컵라면과 삶은 달걀로 해장하고, 다시 부전역을 이용해 순천행 무궁화호를 타고 돌아오는 1박 2일 여행이 기억에 남는다.

내가 순천에 몇 개월 머물면서 갔던 곳 중에 좋았던 곳은 회사 직원들과 함께 갔었던 순천역 근처 '브루웍스 (Brewworks)' 커피, '밀림슈퍼' 커피숍인데, 각각 상반된 분위기의 매력을 갖고 있었다. '스타벅스 여수해양공원점', '이디야커피 와온해변점'은 차가 있다면 드라이브 코스로도 괜찮아 바다를 보며 커피를 마실 수 있고, 사색하기 좋은 곳이다.

맛집을 찾는다면 대나무숲과 닭 숯불구이로 유명한 순천 '대숲골 농원', 가성비 좋은 여수 간장게장을 찾는다면 '로타리식당'에 가보길 추천한다. 좀 걷고 싶다면 여수 이순신광장, 향일암(금오산), 순천 동천, 죽도봉공원(야경), 순천만 국가정원 등을 둘러보면 실망하지 않을 것이다.

순천 서쪽으로 차를 돌리면 보성 벌교에 들러 고막 정식을 먹거나, 소설 『태백산맥』 문학관을 둘러봐도 괜찮고, 보성 율포해수욕장을 거닐다 활어회 한 접시 먹고, 녹차밭에서 인증사진을 남겨도 괜찮을 것 같다.

벌교에서 안쪽으로 더 들어가면 지붕 없는 미술관 고흥이 나온다. 남열해수욕장과 나로우주센터 우주과학관이 유명한데 아이들이 있다면 꼭 가 봐야 할 여행 코스이다. 지난 여름휴가에 어머니를 모시고 고흥 '하얀 파도 펜션'에서 조용히 쉬었다 왔는데, 성수기임에도 가성비가 괜찮고 바다가 바로 앞에 펼쳐져 있어 뻥 뚫린 시원한 기분을 느낄 수 있었다.

　장흥을 거쳐 남해고속도로의 종착점 관광도시 목포에 도착하면 먹거리, 볼거리가 다양하다. 나도 아직 타 보지는 못했지만, 유달산에서 목포 해상케이블카를 타고 산과 바다를 건너보는 짜릿한 경험도 좋을 것 같다. 가끔 목포 출장길에 들렀던 '선경 준치 횟집'의 준치 회무침은 나의 최애 메뉴다. 배를 채우고 나오면 바로 앞에 바다가 펼쳐져 있고, 시원한 바닷바람을 쐬며 바닷길을 걷다 보면 예쁜 카페들이 밀집되어 있다. '대반동 201' 카페에 들러 파란 바다를 배경으로 아메리카노 한잔 마시며 한 시간 정도 멍때리다 보면 몸과 마음이 힐링 될 것이다.

　좀 지쳤다면, 여행을 떠나자. 일단 KTX 승차권부터 찾아보시라.

8

싱글 인 수원; 다시 시작

나는 수원과 인연이 많다.

노무사 수습을 수원의 한 법인에서 받았고, 광주로 내려가기 전 파트너 노무사 생활을 한 곳도 수원이다. 또한, 경제 다섯 단체 중 한 곳의 경기지역 기업지원본부장으로 5개월 정도 일한 경험이 있다.

경제단체는 회원사인 기업의 이익을 대변하는 단체로 각 기관의 성격에 따라 조금씩 차이가 나지만, 그 생리는 단체가 움직이기 위해서는 돈이 필요하고, 그 돈은 회원사에서 나오며, 따라서 회원사에 이익이 되는 입법 활동, 연구 활동, 대정부 활동, 캠페인, 정부 지원사업 수행 등을 한다.

나는 우리 협회 회원사의 노동관계법 자문 등의 역할을 총괄하는 부서의 장이자 정부나 지자체의 예산으로 운영되는 상담사업, 컨설팅 사업 등에 직접 참여하고 업무를 수행했다. 본부장이라고 해서 뭔가 대단한 것을 기대했지만, 실제로 내가 단독으로 결정할 수 있는 일은 많지 않았고, 회원사를 관리하고 지원하는 역할로 노무법인에 채용된 노무사가 하는 역할과 별반 다를 바 없어 실망한 나는 5개월 만에 사직서를 제출하고 퇴사했다. 지자체의 예산을 지원받아 운영하는 컨설팅 사업이 제대로 설계되지 못해 원활한 진척이 어려웠고, 내가 이 조직에서 무언가 성취할 수 있을 거라는 희망이 보이지 않았기 때문이다.

나는 최종 결재권자와 기안자 사이 중간 결재자인 주관 부서의 장으로서 상부의 지시 사항이 적절히 이행될 수 있도록 관리하고, 경영진의 목표와 실무자의 고충을 헤아려 조율하는 역할이 얼마나 중요하고 어려운 일인지 알게 되었다. 비록 짧은 기간이었지만 리더의 자질과 인사관리에 관해 많은 생각을 할 수 있었다.

지금은 협회를 떠나 '노무법인 희망나눔' 파트너 노무사로 일하고 있다. 경기지방고용노동지청이 있는 1호선 성균관대역 근처에 사무실이 있고, 차로 안 막히면 20분, 막히면 30분 정도 걸리는 곳에서 살고 있다. 집 근처 둘레길이 잘 조성되어 있고, 호수공원이 있어 산책하기 좋고, 혼자 살기 아주 쾌적한 조건을 갖추고 있다.

나의 주된 업무 분야는 노동법률 상담, 자문사 관리, 노동 사건 대리, 인사·노무 컨설팅, 「중대재해처벌법」 컨설팅 등이다. 나는 유료 상담을 원칙으로 하는데 회원사의 경우 매월 정기적으로 자문 계약을 맺어 월정액을 받지만, 회원사가 아니거나 일반 근로자의 경우 개별 사안에 대해 궁금한 사항을 시간과 공간의 제약 없이 언제 어디서나 전화로 물어보면 답변드리고, 상담 비용은 다음 달 전화비용으로 청구되는 시스템을 활용한다.

세상에 공짜는 없다.

요즘 무료 상담 홍보도 많은 것 같다. 하지만, 가만히 생각해 보자. 누가 목 아프게 기회비용을 들여서 돈도 안 되는 무료 상담을 하겠는가? 무료 상담을 하는 이유는 크게 두 가지라고 보면 된다. 첫째, 미끼로 간단한 내용에 대해서 알려주고 사무실 방문을 유도해 계약체결에 목적을 둔 경우이다. 둘째, 정부나 지자체의 예산 지원을 받아 상담 자체를 사업 실적으로 삼는 경우이다.

인사·노무 컨설팅은 근로계약서, 취업규칙, 급여대장

등 각종 규정을 회사의 상황이나 요구에 맞게 합법적으로 설계하는 작업이다. 요즘은 「중대재해처벌법」 시행으로 산업안전이 중요한 이슈라서 안전보건 관리 체계 구축 및 위험성 평가 등 산업안전 컨설팅을 많이 하고 있다. 최근에 ISO45001(안전보건경영시스템 국제표준) 심사원 자격을 취득해 이쪽 분야에 더 많은 투자를 하고 있다.

노동 사건 대리 업무는 해고, 산재, 임금, 직장 내 괴롭힘, 차별 및 직장 내 성희롱 등의 사건을 근로자 또는 사용자(회사)로부터 의뢰받아 고용노동부(산하기관 포함)에 진정 및 각종 청구서 작성·제출, 심사 및 재심사 청구 등의 일이다.

수원에서 나의 삶은 단순하다.

오전 5시 30분에 기상해서 조용한 음악을 들으며 차를 한 잔 마시고, 간단히 시리얼을 먹고 아침 7시 전 사무실에 도착해 오전에 중요한 업무를 집중적으로 처리한다. 오후에는 외근업무나 담당자 미팅을 하고, 특별한 일이 없으면 슬렁슬렁 카페나 도서관에서 책을 읽거나 글을 쓴다. 그러다 오후 5시 이후 퇴근해서 씻고 저녁을 먹은 후 가볍게 산책을 한 후 TV를 좀 보다 저녁 10시가 되면 TV를 끄고, 침대에 누워 책을 몇 장 넘기다 잠이 든다.

점심은 외부에서 먹거나, 별일 없으면 집에서 먹기도 하며, 사무실 동료들과는 가끔 점심 식사 및 커피를 마신다. 저녁은 본가에서 올라온 쌀과 반찬을 기본으로 해서 내가 요리하는 몇 가지 국물류의 음식을 추가해 먹는다. 산책을 좋아해 자주 뒷동산이나 호수공원, 의왕 왕송호수를 걷거나, 하남 두물머리, 광교산, 청계산 등을 찾는다.

9

제이민, 명의를 만나다

제이민은 내가 다니고 있는 정신건강의학과 의원이다.

병원 가는 것을 좋아할 사람이 어디 있겠냐마는 나는 예외이다. 물론 제이민 정신건강의학과 원장 선생님을 만나러 가는 경우만 말이다. 나와 비슷한 연배로 보이는 선생님은 나를 암흑 속에서 광명의 길로 인도하셨다. 나에게는 신보다 더 전지전능하신 분이라고 감히 말할 수 있다.

그동안 내가 만나왔던 의사 선생님은 권위적이고, 현학적이며, 불친절했다. 그런데 이 선생님은 솔직하고, 친절하며, 다정다감했다. 마치 내가 겪고 있는 고통을 느끼는 것처럼 나의 영혼을 어루만져 주고, 방향을 제시해 주셨다. 만나면 힘을 얻고, 어떨 땐 설레기도 하며, 믿음이 간다.

2023년 3월 3일, 나는 ○○시 인사과에 임기제 공무원 퇴직원을 제출했다. 심리적으로 불안과 우울감을 느끼고 있었기 때문에 집에서 가까운 정신건강의학과 의원을 검색해 찾아간 것이 제이민과의 첫 만남이었다.

접수 후 상담을 위해서 필수적으로 몇 가지 검사를 받아야했고, 약 2시간 정도 걸렸다. 검사 결과를 토대로 의사 선생님은 나의 상태에 대해 간단히 물어보시면서 꾸준히 치료하면 분명히 좋아질 것이라며 확신을 주셨고, 1주분 약을 처방해 주셨다. 그렇게 나는 매주 한 번씩 선생님을 만나 상담 및 약을 처방받았고, 점점 안정되었다.

하지만, 나는 여전히 잦은 혼술과 과음으로 인한 블랙아웃(black out)을 자주 겪고 있었다. 선생님은 나의 알코올중독 증세가 전혀 나아지지 않는다고 크게 혼내시면서 병원 입원이 어떻겠느냐고 물으셨다. 나는 그 질문에 많이 당황했고, 당연히 입원할 생각도 없었으며, 또 그럴 정도의 상태는 아니라고 생각했다. 하지만 정신과 전문의의 판단을 신뢰하지 않을 수 없었기 때문에 망치로 머리를 맞은 것처럼 큰 충격을 받았다. 결과적으로 나는 금주에 성공했는데, 성공법은 다음 장에서 더 자세히 쓰겠다.

선생님은 몇 권의 책을 소개해 주셨는데, 그중 핸드폰 중독의 위험성과 관련한 『인스타브레인』, 『노모포비아, 스마트폰이 없는 공포』란 책도 포함되어 있었다. 나는 선생님이 하라는 대로 해 보기로 결심했다.

선생님이 추천해 준 책을 읽고 SNS와 핸드폰을 최대한 멀리하려고 노력했으며, 금주를 선언했다. 그리고 일찍 자고, 일찍 일어나는 아침형 인간으로 변모했다. 또한 TV나 스마트폰이 아닌 종이 신문을 읽고 시작했고, 아침을 꼭 챙겨 먹었다.

그러다 2023년 5월, 나는 다시 노무사 일을 시작하면서 수원으로 이사를 왔다. 사는 곳 근처의 가까운 정신건강의학과 의원에 가 볼까 생각도 했지만, 제이민의 편안한 분위기와 선생님을 만나면 밝아지는 그 기분이 좋아 여전히 제이민을 한 달에 한 번 정도 찾고 있다.

결론적으로 나는 완전히 다시 태어났다.

주변의 친구들이나 지인 등은 바뀐 나를 보고 참 대단하다고 칭찬하기도 하고, 다시 예전으로 돌아오라고 장난을 치기도 할 정도로 좋아졌다. 이 모든 공은 좋은 선생님을 만난 덕

분이다. 사람은 어떤 특별한 계기나 귀인을 만나면 인생이
완전히 변한다고 한다. 선생님은 나에게 나타난 귀인이다.

10

술과 담배, 이젠 안녕

세계보건기구(WTO)는 술을 1급 발암 물질로 지정하고, 술은 마실수록 암 발생 위험이 증가한다고 경고한 바 있으며, WHO 산하 국제암연구소(IARC) 역시 술의 주성분인 '알코올'과 부산물인 '아세트알데히드'를 1급 발암 물질로 지정했다. 1급 발암 물질이란 인체에 암을 일으키는 것으로 확인된 물질로, 시멘트에서 나오는 방사성물질 라돈과 오래된 건물 먼지에 포함된 석면 가루처럼 우리 몸에 암을 일으킬 수 있는 위험성을 지녔다는 뜻이다.

한 기사에 따르면 2021년 기준 국내 제조장에서 반출된 국내 소주 소비량은 360ml 기준 22억 9,000만 병, 즉 성인 1인당 연평균 52.9병을 마신 셈이다. 나의 주량은 소주 1.5 ~ 2병, 1주일 평균 혼술을 포함해 다섯 번 정도 마셨으니까 연평균 520병을 마신 셈이다. 우리나라 성인 평균의 무려 10배에 이르러 음주의 정도가 매우 심각했음을 알 수 있다.

영화 〈내부자들〉에서 이병헌 배우처럼 소주로 입안을 가글하면 취하기 시작했다는 신호라고 말하는 친구가 있으며, 필름이 끊기는 경우가 잦고, 만취하면 눈빛이 멍멍이로 변하는 것 같다는 제보도 접수했다. 주사(酒邪)로 연인과 헤어졌던 경험, 상사 및 지인과 다툼, 가족 모임에서 예의에 어긋난 행동을 했던 일 등 트러블이 계속 발생했고, 반주를 즐기며 여행이나 맛집을 찾아가면 꼭 술 생각이 난다.

나의 주치의 선생님 曰

"술을 적당히 마실 수 있을까요? 술은 조절할 수 없고, 끊어야 합니다. 그동안 술 때문에 얼마나 힘들었는지 생각해 보세요. 좋았던 적이 있었나요?"

나는 알코올 억제에 도움이 되는 약을 먹고 있지만, 여전히 술을 줄이지 못하고 있었고, 과음에 필름이 끊기는 블랙아웃(black out) 현상이 잦아지자 심하게 꾸짖으셨다. 마흔 넘어서 누군가에게 이렇게 혼나 본 기억이 없다. 쪽팔렸다.

하지만 내 속마음 曰

'선생님 말씀 맞아요. 하지만 한국 사회에서 남자가 술 안 마시고 어떻게 일해요? 그리고 술이 주는 위안도 적지 않거든요. 뭘 모르셔!'

선생님의 심한 질책을 받은 다음 날 나는 수원으로 이사했고, 이삿짐을 대충 마무리하자 시원한 소맥 한잔이 생각났다. 치킨 한 마리 시켜서 소주 한 병, 맥주 한 캔을 마시고 잤다. 아침에 일어나니 머리가 멍했다. 도돌이표. 이러다 정말 큰일 나겠다 싶었고, 그제 선생님이 하신 말씀이 생각났다.

2023년 5월 18일 아침, 나는 자주 연락하는 지인들에게 장문의 단체 카톡을 보냈다.

'굿모닝~~ 사랑하는 친구, 동료 및 선후배 여러분! 제가 대오각성해서 오늘 5.18.부터 금주하기로 결심했습니다. 저는 정상인에 비해 알코올에 대단히 취약해 술을 끊어야 한다는 전문의의 진단을 받았습니다. 혹시 술자리에서 술잔에 사이다를 채워도 용서 바랍니다. 대신 제가 맛있는 커피나 식사를 쏘겠습니다. 저의 결심이 결실을 볼 수 있도록 많은 응원과 협조 부탁드립니다. 오늘도 즐거운 하루 되세요^^'

사실 아직도 내가 술을 끊었다는 사실이 믿기지 않는다.

내 인생에서 술 없는 삶은 꿈도 꾸지 못했고, 애주가들이 곧잘 하는 "술도 안 마시면 무슨 재미로 사냐?"는 말에 격하게 공감하며 살아왔다. 하지만, 그날 이후 지금까지 해외여행을 간 날을 제외하고는 술을 한 모금도 마시지 않고 있다. 해외여행은 자주 갈 수 없고, 나의 금욕적인 생활에 대한 보상이 필요하다고 생각했기 때문에 숨구멍을 만들어 둔 것이다. 마치 다이어트 시기에 치팅데이(cheating day)를 두는 것처럼 말이다.

담배는 정부의 일방적인 증세에 대한 반발심과, 나의 건강을 지키기 위해 끊었다.

나는 중학교 3학년에 처음 담배를 접해서, 2015년 5월에 끊었으니 약 20년을 피웠다. 내가 피웠던 담배 브랜드는 '88, 디스, 디스플러스, 오마쌰리프, 타임, 던힐, 말보로, 마일드

세븐, 레종 블랙, 에쎄' 등이다.

2000년대 초반 군대에서는 보급 담배를 지급했는데, 전방 부대에서는 이미 '디스'가 보급되었지만, 후방인 우리 부대는 내가 제대할 때까지 여전히 '88'이 지급되었다.('디스'가 '88'보다 고급 브랜드임) '식후연초 불로장생'이라는 흡연자들의 격언이 있고, 특히 커피와 담배는 궁합이 잘 맞아 담배의 맛을 더 풍부하게 만들어 줬다.

그리고 예전에는 지금처럼 금연 장소가 많지 않았고, 길거리, 건물, 사무실, 식당이나 호프집, 카페에서도 자유롭게 담배를 피웠다. 지금은 상상할 수 없지만, 불과 10여 년 전 일이라는 사실에 깜짝 놀란다. 담배를 물고 식당 안에서 삼겹살을 굽고 자르는 사람들 사이로 그것이 고기를 구워서 나는 연기인지 담배 연기인지 모른 채 뿌연 허공 사이로 선명한 도너츠(doughnut)를 뿜어대는 사람들을 흔히 볼 수 있었다. 누가 더 동그랗게 잘 만드는지 시범이라도 하듯이 말이다.

그러나, 2012년 12월 정부가 면적 150㎡(45평) 이상의 식당과 호프집, 커피점 등에서의 실내 흡연을 금지하는 「국민건강증진법」을 시행하면서 흡연자들이 설 자리는 점점 줄어들기 시작했고, 흡연 금지구역은 점점 확대되어 갔다.

나는 하루 한 갑 정도 담배를 피웠는데, 그러던 내가 담배를 끊기로 결심한 것은 박근혜 정부 시절인 2014년 1월 1일부로 담뱃값을 갑자기 2,000원 올리기로 확정한 것이 계기가 되었고, 흡연 장소도 제한되기 시작하면서 흡연자가 점점 설 자리를 잃어가고 있는 사회적 분위기에도 영향을 받았다.

나는 정부의 담뱃값 인상 발표가 있고 난 후 법 시행 전까지 퇴근하면서 매일 편의점에서 한 갑, 두 갑씩 사재기했고, 대략 130갑 정도를 사재기해서 5월 중순까지 피웠다. 그러다 담배가 떨어져 편의점에서 '레종블랙' 한 갑을 4,500원 주고 샀는데 너무 아까웠다. 꼭 정부에 이천 원 삥뜯긴 기분이랄까?

2015년 5월 18일, 나는 예약한 치과에서 염증이 심해 살릴 수 없었던 치아를 뽑았고, 그날부터 담배를 끊었다. 타이밍이 적절했고, 담배를 피우지 않아야 하는 이유와 금연을 그나마 쉽게 할 수 있는 환경을 만들어서 성공한 것이다.

금연은 과거 몇 차례 시도했었지만, 번번이 실패했는데 이번에는 달랐다. 끊고자 하는 의지가 강했고, 사무실에서 같이 일하던 동료가 먼저 담배를 끊은 영향도 받았다. 또한 금연에 대한 보상으로 매달 줄인 담뱃값의 절반을 나를 위해 쓰는 등 전략을 철저히 세웠다.

여러분도 나처럼 금연에 도전하고, 성공하는 경험을 꼭 해 보시길 바란다. 어렵지만, 전략을 짜고 상황을 만들면 의지만 굳건하면 하루, 1주일만 참으면 금연에 성공할 확률이 매우 높아진다. 여러분의 건투를 빈다.

11

터닝포인트, 귀인(貴人)을 만나다

네이버 국어사전에서 귀인은 아래와 같이 정의하고 있다.

귀인(貴人) [귀ː인]
1. 사회적 지위가 높고 귀한 사람.
2. 조선 시대에, 후궁에게 내리던 종일품 내명부의 품계.
   빈의 아랫니다.

내가 말하는 귀인은 1번도 2번도 아닌 '나에게 귀한 가르침을 주거나 좋은 영향을 끼친, 귀한 사람'을 의미한다. 귀인을 어떻게 알아볼 수 있을까?

그 사람은 나에게 화두를 던지고 떠난다. 귀인은 완전히 다른 모습으로 나타나 나를 힘들게 하고, 나를 화나게 한다. 그 사람이 귀인인지는 내가 그만큼 성숙해서야 비로소 깨달게 된다. 때로는 귀인이 나를 떠났고, 어떤 때는 내가 귀인을 떠났다. 그리고 여전히 내 옆에 남아있는 귀인들이 있다.

1. Mr.Min; I Learned English and the joy of learning from him.

   (나는 민 수경을 통해서 영어와 배우는 기쁨을 배웠다.)

2. Mr.Oh; He Taught me the way and attitude of life.

   (오 원장은 내게 삶을 대하는 방법과 태도를 가르쳐 주었다.)

3. Ms.Jeong, She helped me understand myself better and stop drinking alcohol.

   (정 선생님은 내가 나를 더 잘 이해하고 술을 끊도록 도와주셨다.)

4. Especially thanks for Mr.Kang, Mr.Kim, Mr.Moon and Labor Attorney Jeong, Mun, Park, Shin, Six, Lee, Kim.

   (특별히 강 형, 김 대표님, 산수 형, 문 사장, 그리고 정, 문, 박, 신, 육, 이, 김 노무사님께 감사드린다.)

민 수경은 나보다 정확히 2주 먼저 입대한 군대 선임인데, 말투도 여성스럽고 고문관 느낌이 있어서 처음에는 별로 친하지 않았다. 그런데 서로 꼬인 군번이라 막내와 중간 역할을 오랫동안 했고, 고참 생활은 짧아서 동병상련을 느끼며 서로 친해지게 되었다. 무엇보다도 대학에서 영문학을 전공해서 회화와 작문(free talking and writing)이 가능한 인재로 군대 내무반에서 최초로 영어교실을 운영한 괴짜였다.

그 친구 덕분에 영어에 흥미를 갖게 되었고, 분 복무 말년에는 당시 TOEIC 베스트셀러 『Eye of TOEIC』을 2회독했다. 그리고 제대 후 영어에 대한 두려움에서 완전히 벗어났다. 민 수경은 외유내강이라는 표현이 딱 어울리는 친구로 여러 모로 나에게 나타난 첫 번째 귀인이다.

오 원장은 대학 동문으로 내가 그를 만나게 된 것은 미국 소재 주립대학교 교환학생을 준비할 때였다. TOEFL 시험정보를 얻으려고 수소문해 지인으로부터 소개받은 사람이 그였다. 그는 수업 중간중간 공강이 있는 시간은 무조건 도서관에 앉아 책을 보았고, 저녁과 주말에도 도서관에 살며 틈틈이 과외를 하면서 용돈을 벌어 본인의 꿈을 키워간 멋진 친구였다.

교환학생은 포기했지만, 그것이 인연이 되어 졸업할 때까지 같이 다니면서 백도 2열, 제1학생회관 식당, '상대 분식',

'고흥식당', '맛쓰리' 등에서 끼니를 때우며 전투적으로 공부했고, 나는 노무사가 돼서 먼저 학교를 떠났다. 그 친구는 치의학전문대학원까지 더 공부해서 지금은 치과의사가 되었다. 오 원장 덕분에 엉덩이 땀띠 날 정도로 독하게 공부할 수 있었다.

내 첫 임플란트를 해 주며, 고마움을 절대 잊지 말라며 생색낼 줄 아는, 그리고 최근에는 우리 어머니의 틀니를 맞춰 준 고마운 치과의사 선생님이다. 그는 귀인 중의 귀인이다.

한편, 나의 정신과적 증상을 제대로 진단하고, 치료해서 나를 새롭게 태어나게 해 준 제이민 원장 선생님은 어머니 다음으로 내가 존경하는 이성의 귀인이다.

그 외에도 나는 많은 귀인을 만났다.

대학 동문으로 비즈니스적으로 많은 도움을 주시는 김병상 대표, 매주 한 번 이상 전화해 나의 안부를 물어 주고 현실적인 조언을 해 주는 신호 형, 고지식한 부분이 있지만 늘 근검절약하고 자연보호에 관심이 많은 산수 형, 불알친구로서 나의 많은 부분을 이해해 주며 포근히 안아 주는 따뜻한 문 사장이 있어서 행복하다.

또한 늘 곁에서 나를 토닥토닥해 주고, 조언 및 도움을 아끼지 않는 정영훈, 문종이, 박우영, 신서희, 육서우, 이성계, 김영채 노무사님께 진심으로 감사드린다. 여러분 덕분에 여기까지 올 수 있었다.

한편, 내가 조직에서 모셨던 상사 중 두 분은 계급(관료제) 사회가 몸에 밴 분으로 보고와 결재를 생명으로 여기며 큰 목표를 제시하지만, 보상은 인색했다. 특히, 부하직원은 상명하복, 일사불란하게 상사의 지시에 따라 움직여야 한다고 생각하시는 분들이었다.

나는 그런 부분이 싫었고 힘들었다. 꼰대 같다고 느꼈고, 형식적이고 딱딱한 조직 분위기에 숨 막혔다. 그러나 조직을 이끌기 위해서 어쩔 수 없는 일도 있었을 테고, 그분들 밑에서 일하면서 배운 점 역시 많다. 그렇게 보면 두 분도 나를 발전시켜 준 귀인이다.

12

알랭 드 보통의 불안과 처방

나는 꽤 오랫동안 불안장애로 고생했다.

불안장애를 앓고 있다는 사실 자체를 인지하지 못했고, 그 원인을 알 수 없어 바람에 흔들리는 갈대처럼 이리저리 흔들리며 살아왔다.

왜 불안할까? 남과 끊임없이 비교하고, 완벽주의 성향에 성공하지 못할 거라는 기분에 압도당해 정서불안에 시달리게 되었던 것 같다.

그 불안을 잊기 위해 마셨단 술과 피웠던 담배에 중독되어 증상은 더욱 나빠졌다. 만약 훌륭한 정신건강의학과 의사 선생님을 더 빨리 찾았거나, 내 스스로 나를 사랑하고 용서하는 용기가 있었더라면 좋았을 텐데 아쉽다.

교보문고 사이트에서 불안을 키워드로 검색해 보면 총

5,497권의 책이 있고, 그중 맨 위에 올라와 있는 책이 알랭 드 보통의 『불안』이다. 워낙 유명하고, 도움이 되는 내용이 많아 출판사 서평을 인용해 본다.

출판사 서평

불안이란 무엇인가? "사회가 정해놓은 성공에 이르지 못할 위험에 처했으며 그 결과 존중받지 못할지도 모른다는 걱정."

'불안'은 하루에도 몇 번씩 경험하는, 현대를 사는 우리에게는 매우 밀접한 개념이다. 알랭 드 보통의 말대로, 우리의 삶은 불안을 떨쳐내고, 새로운 불안을 맞아들이고, 또다시 그것을 떨쳐내는 과정의 연속인지도 모른다.

『불안』은 우리가 일상에서 겪는 다양한 종류의 불안 중 사회적 지위(status)와 관련된 불안을 집중적으로 탐구하고 있다. 경제적 성취 정도에 의해, 즉 돈을 얼마나 벌었느냐에 따라 자연스럽게 지위가 구분되기 시작한 시기가 있었다. 그 시점부터 인간은 새로운 불안의 영역에 들어서게 된다. 여기에서 중요한 것은 '내가 나를 어떻게 보느냐'가 아니라,

'세상이 나를 어떻게 보느냐'다. 저자는 세상의 눈으로 본 자신의 가치나 중요성에 의해 불안이 촉발되는 것으로 보았다.

알랭 드 보통은 그 불안이 생기는 원인을 총 다섯 가지로 분류한다. 사랑 결핍, 속물근성, 기대, 능력주의, 불확실성. 또 여기에 철학, 예술, 정치, 기독교, 보헤미아 등 알랭 드 보통이 연구한 불안 해소의 해법이 더해진다. 저자는 이 책에서 2000여 년의 역사를 지탱해온 철학, 문학, 종교, 예술 등 방대한 자료를 훑으며 경제적 능력에서 비롯된 사회적 지위로 인한 불안, 그 처음과 끝을 파고 든다.

나만의 불안 통제 레시피는 다음과 같다.

1. 정신건강의학과 전문의 선생님의 상담과 처방을 받는다. (☆☆☆)
2. 산책이나 땀나는 운동을 규칙적으로 한다. (☆☆)
3. 가끔 커피숍에서 멍때리거나, 바다를 보러 떠난다.
4. 독서, 글쓰기, 음악 감상, 영화를 본다.
5. 일찍 자고, 일찍 일어난다. (☆☆☆)

6. 나만의 루틴을 지키되, 치팅데이(cheating days)를 정한
   다. (☆☆)
7. 아침을 챙겨 먹고, 영양분 섭취에 신경 쓴다. (☆☆)
8. 목표를 정하고, 시각화해서 여기저기 붙여 둔다. (☆☆)
9. 술과 담배 등 건강에 해로운 것을 안 한다. (☆☆☆)
10. 산에 오른다.
11. 핸드폰, 컴퓨터, SNS를 삼간다. (☆☆☆)
12. 시골 본가에 간다.
13. 외국어를 공부한다.
14. 햇볕을 자주 쬐고, 비타민D3를 섭취한다. (☆☆)

알랭 드 보통의 '불안'에 대한 처방은 아래와 같다.

출판사 서평

불안을 어떻게 극복할 것인가? "인생은 하나의 불안을 다
른 불안으로 하나의 욕망을 다른 욕망으로 대체하는 과정이
다." 예술작품은 세상을 더 진실하게, 더 현명하게, 더 똑똑
하게 이해하는 방법을 안내해 준다. 우리가 지위와 그 분배

에 접근하는 방법만큼 비평이 필요한 것도 없을 것이다. 예술의 역사는 지위의 체계에 대한 도전, 풍자나 분노가 서려 있기도 하고, 서정적이거나 슬프거나 재미있기도 한 도전으로 가득하다. 예술이 무슨 쓸모가 있을까? 언뜻 먹고 사는 데 어떤 도움도 주지 않는 것처럼 보인다. 하지만 전쟁 중에도 누군가는 시를 쓰고, 먹을 것이 없어도 노래는 탄생한다. 그렇게 유구하게 예술이 이어 내려온 이유는 무엇일까.

알랭 드 보통은 『불안』에서 예술은 '삶의 비평'이라고 말한다. 즉, 삶이 있는 한 사라지지 않는다는 것이다. 광활한 자연 혹은 폐허가 담긴 풍경화는 우리 존재의 미약함을 일깨워 한갓 지위 따위에서 오는 불안을 상쇄시켜 주고, 풍자와 유머는 높은 지위에 있는 사람들을 공격하는 유용한 도구가 되어 불안을 조절하는 데 도움을 준다.

소설, 시, 그림, 희곡, 만화 등 예술작품은 이렇듯 인간의 불안과 긴밀한 관계를 유지한다. 즉 인간은 살면서 숙명적으로 안고 가는 불안을 해소하고, 그 불안의 원인을 비판하기 위해 예술을 창작하고, 공유하는 것이다. 인간이 존재하는 한 예술이 사라지지 않는 이유다.

『불안』에서는 '예술' 이외에도 서양 문화에서 빼놓을 수 없는 '기독교', 예술은 물론 삶의 방식에까지 영향을 미치는 개념인 '보헤미아', 어떤 개인의 생활과 삶과도 떼어놓을 수 없는 '정치', 자기 자신을 들여다볼 수 있도록 도와주는 '철학'까지, 불안을 떨칠 수 있는 다섯 가지 해법을 제시한다.

제3부

나의 직업은 농부 아니고요, 노무사입니다

1

노무사라는 직업, 연봉 및 메리트

나는 노무사 2차 시험 준비를 위해 대학교를 졸업한 2007
년 3월, 신림동 고시촌에 들어왔다. 지금도 노무사가 무슨 일
을 하는지 모르는 사람이 많지만, 그 당시에는 노무사를 아는
사람이 거의 없었다. '날리면'을 '바이든'으로 잘못 듣기 쉬운
것처럼, '노무사'를 '농사'로 잘 못 듣거나, '노무현을 사랑하는
사람들의 모임'이라고 생각하는 사람들도 더러 있었다.

노무사는 노동 변호사라고 생각하면 쉬운데, 변호사와 다
른 점은 업무영역이 노동관계법에 한정되고, 소송대리권이
없어 법정에 서지 못한다. 하지만, 고용노동부(노동청, 노동위
원회, 근로복지공단 등 산하기관)를 상대로 사용자(회사) 또는 근
로자로부터 위임받은 노동 사건을 노무사만(변호사 제외) 대리
할 수 있다. 또한 노동법률 상담 및 회원사 자문, 인사 · 노무
컨설팅, 집단적 노사관계 컨설팅, 산업안전 컨설팅, 노동법

교육 · 강의 등을 한다.

　노무사 시험은 1년에 한 차례 실시되는데 1차 객관식, 2차 주관식 논술, 3차 면접 전형으로 구분된다. 당해 1차 시험에 합격하면 이듬해 1차 시험을 면제해 주므로 2차 시험 준비에만 집중하면 된다.

　나는 대학교 4학년 때 1차 시험에 합격하고 2차 시험에 떨어졌지만, 운 좋게 이듬해 2차 시험 및 면접 전형을 패스해 최종 합격했다.

　한편, 노무사는 6개월의 수습을 마친 후 한국공인노무사회에 직무 개시 등록을 해야 행정관청에 위임장을 제출하고 정식으로 노무사로서 사건대리를 할 수 있다.

　일반적으로 수습을 마친 노무사의 길은 크게 세 가지다.

　먼저, 노무법인에서 채용 노무사로 기본급과 성과급을 받고 월급쟁이 생활을 한다. 가장 이상적인 길로 2~3년 실무를 배운 후 개업 또는 새로운 길을 모색한다.

　둘째, 뜻이 맞는 동기와 함께 또는 혼자 사무실을 오픈한다. 사회경력이 화려하거나 나이가 많으신 분, 영업력이 좋은 분들이 주로 이 길을 선택한다.

셋째, 회사 인사팀, 노동조합, 행정부, 지자체, 공기업 등에 취업한다. 주로 젊은 친구들이 이 길을 걷는다. 요즘은 경력직 노무사를 뽑는 경우가 많아 노무법인에서 경력을 쌓아 기업체에 취업하거나 임기제 공무원 등으로 임용되는 경우도 많은 것 같다.

위 세 가지 길을 기반으로 지방자치단체 의원(시의원 또는 구의원)이 되신 노무사님도 있고, 국회의원에 출사표를 던지는 노무사님도 증가하고 있다. 정치에 뜻을 둔 노무사님들은 봉사 및 사회활동에 적극적으로 참여하면서 오랜 시간 그 토대를 다진다.

노무사에 대해서 가장 많이 궁금해하는 것이 바로 연봉일 것이다.

8대 전문자격사(변호사, 회계사, 세무사, 법무사, 관세사, 감정평가사, 노무사, 변리사) 중에 가장 돈을 못 버는 직업이라는 얘기도 들린다.

먼저 시장 얘기를 하겠다. 요즘 법률시장은 인터넷 등 정보를 구할 곳이 많아 과거에는 자격사에게 돈을 주고 맡기던 일들을 이제는 인터넷에서 많은 정보를 검색해 본인들이 직접 처리하거나, IT 프로그램으로 대체되고 있다. 그만큼 일거리가 줄었단 뜻이고, 자격증이 돈을 벌어 주던 시대는 한참 지났다는 것이다. 이것은 비단 노무사만의 문제가 아니다. 자격증 값이 따로 정해져 있지 않다. 자신만의 독특한 커리어가 자신의 몸값을 결정한다.

둘째, 영업력이 없다면 개업이 목적인 노무사는 굶어 죽기 딱 좋다. 노무사가 되고 싶은 목표가 무엇인지에 따라 다르겠지만, 기본적으로 잘 먹고, 잘 살기 위해서 열심히 공부해서 어렵게 시험에 합격했을 것이다. 하지만, 자격증 자체가 보장해 주는 미래는 없고, 나의 영업력의 크기가 연봉을 결정한다고 말했다. 여기서 영업력을 결정하는 요소는 사업가적 감각, 나이, 학연, 지연, 실력, 성격, 자본, 의사소통 능력 등 다양하다.

셋째, 노무사 자격증을 가지고 취업하거나, 법인에 채용되어 근무한다면 일반 직장인과 다를 바 없이 내규에 따라 연봉을 적용받는다. 즉, 자격 수당 등을 받겠지만 연봉이 그렇게 높지는 않다는 것이다. 다만, 그 경력을 가지고 개업을 준비하거나 조직에서 더 높은 곳까지 올라갈 수 있다.

아리송하다고? 보다 직접적으로 얘기하겠다.

순전히 저자의 주관적인 생각이고, 주변의 아는 노무법인의 사정을 토대로 한 것이므로 사실과 다를 수 있다. 노무사 시험에 최종 합격해 법인에 수습 노무사로 근무하는 약 6개월 동안은 최저임금 수준의 임금을 받는다. 수습 딱지를 떼면 대략 250~300만 원의 기본급과 인센티브(법인이 부여한 사건 및 컨설팅 수행 시 수임료의 10~20%, 본인의 수임한 사건과 컨설팅 수행 시 수임료는 별도 약정)를 받는다. 기대한 것보다 적을 수 있고, 많을 수도 있는데 수습을 마치면 대략 4,000~6,000만 원 정도의 연봉을 받는다.

보통 9시~18시, 주 5일 근무이며, 공휴일은 쉰다. 한편, 상시 근로자 5인 미만 법인은 연차유급휴가를 연간 5일(하계 휴가) 정도 부여하는 경우가 많다. 법인에 따라서 외근이나 지방 출장이 잦고, 각종 이유서 및 답변서 등 서면을 준비해야 하는 경우 늦게까지 일하거나 주말에도 일하는 경우가 많이 생긴다.

이후의 연봉은 본인의 능력에 따라 달라지는데 보통 2~3년 뒤 개업하거나, 연봉을 더 주는 법인으로 이직하거나 관공서나 대기업에 취업한다.

스포츠 세계에서 프로의 연봉은 개인의 역량에 따라 개인차가 매우 크다. 손흥민도 있지만, 우리가 잘 알지 못하는 프로 축구 선수도 있는 것과 같다. 노무사도 프로이고 노무사 개인의 연봉도 프로의 그것과 마찬가지다. 이것이 가장 적절한 답이다.

한편, 노무사의 메리트는 무엇보다도 자유롭고 주체적인 삶을 살 수 있다는 전문직의 특성에 있다. 내가 하고 싶은 일을 하고 싶은 지역에서 할 수 있다. 또한 전문 분야를 선택해 커리어를 집중적으로 개발할 수 있고, 출·퇴근 시간은 물론 휴가 일정까지 자유롭게 정할 수 있다. 그리고 경력이 쌓이면 직장인보다 훨씬 많은 돈을 벌 수도 있다.

물론 회사에 취업한다면 다른 얘기지만, 그렇더라도 자격증 수당이나 신입 취업에 있어서 가점을 주는 곳이 많다. 만약 경력직 노무사로 취업한다면 기존 노무법인 경력을 유사 경력으로 인정받을 수 있고, 조직에서 더 높은 직급까지 단시간에 오를 수도 있다.

2

노무사의 시험 전형과 통계

노무사 시험은 매년 1차 객관식 시험, 2차 주관식 논술 시험, 3차 면접 전형으로 나뉘어 각 1회 시행된다. 특히, 2차 주관식 논술 시험은 이틀에 걸쳐 실시되고, 최소 합격 인원이 매년 정해진다. 자세한 사항은 Q-net 공인노무사 홈페이지를 참고하시라.

한편, 노무사의 학벌은 무시할 순 없지만 업무수행이나 영업에 미치는 영향이 크지는 않다. 오히려 대인관계나 인성이 훨씬 중요하다. 내 주위의 동기들을 봐도 SKY, 수도권 소재 대학교, 지방 국립대 등 출신 대학이 다양하다. 전공은 법대와 경영대 출신의 비중이 높지만, 기타 전공자와 직장인 출신도 적지 않다. 꼭 학벌이 좋다고 잘 나가는 것 같지도 않고, 오히려 영업력이 좋은 사람, 대인관계가 원만하고, 한 길을 꾸준히 밀고 나가는 추진력이 있는 사람이 노무사로서 성공적인 길을 걷는 것 같다.

다만, 합격 후 본인의 커리어 개발을 위해서 석사 및 박사 학위를 취득하는 노무사님이 많다. 또한 법령 개정 사항 및 실무에 필요한 내용을 지속적으로 학습해야 한다. 따라서 성실하고 평생 학습에 대한 자세가 필수적이다. 시험에 합격한 후 공부하지 않으면 시장에서 힘을 잃는다.

한편, 합격생의 성별은 여성의 비중이 갈수록 증가하고 있고(과반수 이상), 연령은 이십 대 가장 많고, 삼십 대 순으로 젊은 사람의 비중이 압도적이다. 응시 인원 대비 최종 합격률은 약 5~8% 수준이다.

구분	접수	응시(A)	1차 합격자	2차 합격자	3차 합격자(B)	합격률 (B/A)
총계	172,062	124,237	50,209	5,402	5,387	4.3%
제1회('86)	71,696	45,785	15,087	118	111	0.2%
제2회('89)	6,573	2,059	165	24	28	1.4%
제3회('91)	3,768	2,426	343	30	31	1.3%
제4회('93)	908	555	213	18	18	3.2%
제5회('95)	622	409	124	44	42	10.3%
제6회('97)	822	531	150	43	43	8.1%
제7회('98)	812	570	133	37	37	6.5%
제8회('99)	1,282	962	385	103	103	10.7%
제9회('00)	1,018	793	293	71	71	9.0%
제10회('01)	1,283	979	404	205	201	20.5%
제11회('02)	1,364	1,035	420	143	147	14.2%
제12회('03)	1,816	1,405	487	61	61	4.3%
제13회('04)	2,188	1,650	412	286	275	16.7%
제14회('05)	2,842	2,140	755	131	140	6.5%
제15회('06)	3,950	3,072	1,330	122	122	4.0%
제16회('07)	4,235	3,574	1,342	230	229	6.4%
제17회('08)	5,262	4,009	981	206	208	5.2%
제18회('09)	6,346	4,945	1,480	250	247	5.0%
제19회('10)	2,902	2,565	1,493	254	253	9.9%
제20회('11)	3,275	2,853	1,786	250	244	8.6%
제21회('12)	3,265	2,869	1,084	250	255	8.9%
제22회('13)	3,341	2,916	1,603	250	251	8.6%
제23회('14)	2,890	2,452	1,468	250	247	8.5%
제24회('15)	3,956	3,394	1,688	254	254	7.5%

제25회('16)	4,760	4,026	2,652	250	249	6.2%
제26회('17)	4,728	4,055	2,165	254	254	6.3%
제27회('18)	4,744	4,044	2,420	300	300	7.4%
제28회('19)	6,211	5,269	2,494	303	303	5.8%
제29회('20)	7,549	6,203	3,439	343	343	5.5%
제30회('21)	7,654	6,692	3,413	322	320	4.8%

나는 사십 대 노총각, 홀로서기 중인 노무사입니다

(출처: Q-net 공고란)

공고 제2024-028호

2024년도 제33회 공인노무사 자격시험 시행계획 공고

공인노무사법 시행령 제10조 및 제26조에 따라 2024년도 제33회 공인노무사 국가자
격시험 시행계획을 다음과 같이 공고합니다.

2024년 2월 23일
한국산업인력공단 이사장

〈2024년도 주요 변경 사항〉

○ 「공인노무사법 시행령」 제6조 일부개정으로 공인노무사 자격시험의 공인어학성적
인정기간이 기존 2년에서 5년으로 연장

개정 전	개정 후
제6조(시험과목 등) ① (생략)	제6조(시험과목 등) ① (현행과 같음)
② 제1항에 다른 제1차시험의 과목 중 영어과목은 그 시험공고일부터 거꾸로 계산하여 2년이 되는 날이 속하는 해의 1월1일 이후에 실시된 영어능력검정시험 중 별표3에서 정한 영어능력검정시험(이하 이 조에서 "영어시험"이라 한다)에서 취득한 성적으로 대체한다.	② 제1항에 다른 제1차시험의 과목 중 영어과목은 그 시험공고일부터 거꾸로 계산하여 5년이 되는 날이 속하는 해의 1월1일 이후에 실시된 영어능력검정시험 중 별표3에서 정한 영어능력검정시험(이하 이 조에서 "영어시험"이라 한다)에서 취득한 성적(제1차 시험의 응시원서 접수마감일까지 발표되는 성적으로서 제10조제2항에 따른 공고에서 정하는 방법에 따라 확인된 성적으로 한정한다)으로 대체한다.
③ (생략)	③ (현행과 같음)

○ 제1차 필기시험 문항수 및 시험시간 변경

교시	과목 구분	시험과목	입실 시간	시험 시간	문항수
1	필수	① 노동법(1) ② 노동법(2) ③ 민법 ④ 사회보험법	09:00	09:30 ~11:35 (125분)	과목별 25문항
	선택	⑤ 경제학원론, 경영학개론 중 1과목			

교시	과목 구분	시험과목	입실 시간	시험 시간	문항수
1	필수	① 노동법(1) ② 노동법(2)	09:00	09:30 ~10:50 (30분)	과목별 40문항
2	필수	③ 민법 ④ 사회보험법	11:10	11:20 ~13:20 (120분)	
	선택	⑤ 경제학원론, 경영학개론 중 1과목			

O 제2차 시험 최소 합격인원 : 330명

2. 시험일정 및 시행지역

구분	원서접수기간 (2·3차 시험 동시접수)	시험장소	시행지역	시험일자	합격자발표
제1차 시험	'24. 3. 25.(월) 09:00 ~ 3. 29.(금) 18:00	원서접수 시 수험자 직접선택	서울, 부산, 대구, 인천, 광주, 대전	'24. 5. 25.(토)	'24. 6. 26.(수)
제2차 시험	'24. 7. 15.(월) 09:00 ~ 7. 19.(금) 18:00			'24. 8. 31.(토) ~ 9. 1.(일)	'24. 11. 20.(수)
	'24. 7. 15.(월) 09:00 ~ 7. 19.(금) 18:00	'24. 12. 2.(월) 큐넷 공지예정	서울	'24. 12. 9.(월)	'24. 12. 26.(목)
공인어학성적표 제출기간 (온라인다이렉트 제출은 상시 가능)			'24. 3. 19.(화) 09:00 ~ 3. 29.(금) 17:00		
제1차 시험 일부 과목 면제서류 제출기간			'24. 3. 20.(수) 09:00 ~ 3. 29.(금) 17:00		
제1차 시험 전 과목 및 제2차 시험 일부과목 면제서류 제출기간			'24. 7. 11.(목) 09:00 ~ 7. 19.(금) 17:00		

※ 원서 접수기간 중에는 24시간 접수 가능[단, 원서접수 마감일은 18:00까지 접수 가능]하며, 접수기간 종료 후에는 응시원서 접수 불가
※ 어학성적 인정기간은 2022. 1. 1. 이후 실시되고 2024. 3. 29.까지 성적발표 및 성적표가 교부된 시험임(어학성적 제출관련 자세한 사항은 10쪽 7. 공인어학성적 기준 참조)

3. 시험과목 및 시험시간

가. 시험과목(공인노무사법 시행령 제6조)

구분	시험과목[배점]		출제범위
제1차 시험 (6과목)	필수 과목 (5)	① 노동법(1) [100점]	「근로기준법」, 「파견근로자보호 등에 관한 법률」, 「기간제 및 단시간근로자 보호 등에 관한 법률」, 「산업안전보건법」, 「직업안정법」, 「남녀고용평등과 일·가정 양립지원에 관한 법률」, 「최저임금법」, 「근로자퇴직급여 보장법」, 「임금채권보장법」, 「근로복지기본법」, 「외국인근로자의 고용 등에 관한 법률」

구분		시험과목[배점]	출제범위
제1차 시험 (6과목)	필수 과목 (5)	② 노동법(2) [100점]	「노동조합 및 노동관계조정법」,「근로자참여 및 협력 증진에 관한 법률」,「노동위원회법」,「공무원의 노동조합 설립 및 운영 등에 관한 법률」,「교원의 노동조합 설립 및 운영 등에 관한 법률」
		③ 민법[100점]	총칙편, 채권편
		④ 사회보험법 [100점]	「사회보장기본법」,「고용보험법」,「산업재해보상보험법」,「국민연금법」,「국민건강보험법」,「고용보험 및 산업재해보상보험의 보험료징수 등에 관한 법률」
		⑤ 영어	※ 영어 과목은 영어능력검정시험 성적으로 대체
		⑥ 경제학원론 · 경영학개론 중 1과목 [100점]	

※ 노동법(1) 또는 노동법(2)는 노동법의 기본이념 등 총론 부분을 포함

구분	구분	구분	구분
제2차 시험 (4과목)	필수 과목 (3)	① 노동법 [150점]	「근로기준법」,「파견근로자보호 등에 관한 법률」,「기간제 및 단시간근로자 보호 등에 관한 법률」,「산업안전보건법」,「산업재해보상보험법」,「고용보험법」,「노동조합 및 노동관계조정법」,「근로자 참여 및 협력증진에 관한 법률」,「노동위원회법」,「공무원의 노동조합 설립 및 운영 등에 관한 법률」,「교원의 노동조합 설립 및 운영 등에 관한 법률」
		② 인사노무관리론 [100점]	
		③ 행정쟁송법 [100점]	「행정심판법」 및 「행정소송법」과 「민사소송법」 중 행정쟁송 관련 부분
	선택 과목 (1)	④ 경영조직론, 노동경제학, 민사소송법 중 1과목 [100점]	
제3차 시험		면 접 시 험	공인노무사법 시행령 제4조제3항의 평정사항

※ 노동법은 노동법의 기본이념 등 총론부분을 포함

※ 시험관련 법률 등을 적용하여 정답을 구하여야 하는 문제는 "시험시행일" 현재 시행중인 법률 등을 적용하여야 함.

※ 기활용된 문제, 기출문제 등도 변형 · 활용되어 출제될 수 있음

나. 과목별 시험시간

구분	시행일자	교시	시험과목	입실시간	시험시간	문항수
제1차 시험	5. 25. (토)	1	① 노동법(1) ② 노동법(2)	09:00	09:30 ~ 10:50 (80분)	과목별 40문항
		2	① 민 법 ② 사회보험법 ③ 경제학원론, 경영학개론 중 1과목	11:10	11:20 ~ 13:20 (120분)	
제2차 시험	8. 31. (토)	1	① 노동법	09:00	09:30 ~ 10:45 (75분)	4문항
		2		11:05	11:15 ~ 12:30 (75분)	
		3	② 인사노무관리론	13:30	13:50 ~ 15:30 (100분)	과목별 3문항
	9. 1. (일)	1	③ 행정쟁송법	09:00	09:30 ~ 11:10 (100분)	
		2	④ 경영조직론, 노동경제학, 민사소송법 중 1과목	11:30	11:40 ~ 13:20 (100분)	
제3차 시험	12. 9. (월)	–	「공인노무사법」시행령 제4조제3항의 평정사항	–	1인당 10분 내외	–

※ 제3차 시험장소 등은 2024. 12. 2.(월) 09:00 Q-Net 공인노무사 홈페이지 공고

나는 사감 대 노총각, 홀로서기 중인 노무사입니다

3

경력직 노무사의 면접 전형

경력직 노무사 채용공고는 한국공인노무사회 홈페이지(https://www.kcplaa.or.kr/), 나라일터 홈페이지(https://www.gojobs.go.kr/mainIndex.do)에서 확인할 수 있다.

노무사 경력직 공개채용의 경우, 노무사가 실제 수행했던 업무와 전문성도 중요하게 보지만, 조직문화에 잘 적응할 수 있는 인재 인지도 매우 중요한 요소로 고려한다. 즉, 전문성이나 커리어가 무조건 화려하다고 좋은 것은 아니며, 기본요건을 충족하되 조직 생활에 별문제 없어 보이는 노무사를 선호한다.

경력직 공무원의 연봉은 6급 또는 7급 공무원 호봉 기준에 노무법인 근무 이력 등 유사 경력으로 인정받은 호봉과 군 복무기간의 호봉을 더해서 기본급이 정해지고, 여기에 식대,

가족수당, 시간 외 수당, 직급 수당 등 각종 수당이 붙는다. 공무원의 연봉은 생각보다 낮은 편인데, 그렇다고 업무강도가 낮은 것은 아니므로 오해 없길 바란다.

공기업과 일반 사기업의 경우 경력과 기존 연봉 베이스에 자체 규정(내규. 임금 지급 규정)에 따른다.

채용 절차는 1차 서류전형을 진행하는데 자기소개서, 경력 기술서, 업무수행계획서 등을 요구하고, 경력, 학력, 자격 관련 증빙서류 등을 첨부해야 한다. 1차 서류 전형을 통과하면 2차 면접을 진행하고, 최종 합격자를 발표한다. 아래는 실제 면접 전형에서 내가 질문받았던 내용을 정리한 것이다.

생각건대 꼭 정답이 있지 않기 때문에, 본인의 생각을 법적 근거를 토대로 논리적으로 답변하는 것이 중요하다. 특히 잘 모르는 질문에도 자신감 있고 진취적인 답변 태도가 면접관에게 어필되는 것 같다. 나는 면접을 잘 봤다고 생각했는데 떨어지거나, 망쳤다고 생각했는데 합격하기도 했다.

면접은 면접관과 합을 맞춘다고 생각하고 서로 대화를 나누듯이 하면 좋을 것 같다. 너무 긴장하거나 너무 잘하려고 하면 오히려 역효과가 나고, 반대로 너무 의욕이 없어도 좋지 않다.

면접은 상대적이라 경쟁자보다 비교우위에 서면 합격하므로 끝까지 포기하지 말고, 자신의 논리를 잘 어필하면 설사 정답이 있는 질문에 틀린 답변을 해도 좋은 결과가 있을 수 있다.

노무사 경력직 공개채용 면접 질의 사항

지방직 임기제 6급 공무원

Q: 간단히 자기소개 부탁드립니다.

Q: 업무와 관련해 지인이 부탁해 온다면 어떻게 할 것인지 말해보세요.

Q: 업무를 수행하면서 가장 힘들었던 일과 가장 어려웠던 일은 무엇인가요?

Q: ○○시 1년 예산 및 신년 추진 방안을 알고 있나요?

Q: ○○에서 근무하면서 잘했던 일, 퇴사 이유를 말씀해 주세요.

Q: 공무직 노사관계에서 문제점과 해결 방안을 말씀해 주

세요.

Q: 경력 중 공백 기간이 있는데 무슨 일을 하셨나요?

Q: 합격한다면 포부 및 마지막 하고 싶은 말 있으신가요?

국가직 전문계약직

Q: 간단히 자기소개 부탁드립니다.

Q: 왜 지원하게 되었나요?

Q: 업무 특성상 영어 읽기, 쓰기, 말하기 능력이 중요한데 영어 잘하시나요?

Q: 국제사법과 근거법에 대해 말씀해 주세요.

Q: 해외에서 현지 채용한 근로자 또는 한국에서 파견한 근로자를 상시 근로자로 보아야 하는지 및 그에 따른 장애인고용부담금 경감 방안에 대해서 말씀해 주세요.

Q: 단체교섭 중 근로시간을 초과해서 교섭이 지속되는 경우, 노조에서 근로시간면제와 초과수당 지급을 요구하는 경우 회사는 어떻게 해야 하나요?

Q: ○○에서 퇴사한 이유가 무엇인가요?

Q: 공무원으로서 가장 중요한 자세가 뭐라고 생각하나요?

Q: 마지막 하고 싶은 말이 있으면 하세요.

Q: 간단히 자기소개 부탁드립니다.

Q: 「노란봉투법」에 대한 사측과 노측의 입장 및 본인의 생
   각을 말씀해 주세요.

Q: 사내 직장 내 괴롭힘이 발생하면 어떻게 처리하시겠습
   니까?

Q: 준법투쟁에 대하여 설명해 주세요.

지방직 임기제 6급 공무원

Q: 간단히 자기소개 및 직무수행계획을 발표해 주세요.

Q: 단체협약을 체결한 경험이 있나요?

Q: 단체교섭의 방법 중 먼저 최고 수준을 제시할 것인지, 낮
   은 수준을 제시하고 교섭 과정에서 올릴 것인지 본인의
   생각과 왜 그런지 말씀해 주세요.

Q: 정규직과 비정규직 간의 다툼 발생 원인과 해결 방안은

무엇인가요?

Q: 우리 조직 내 직군에 대해서 아는지와 노조에서 임금체계가 다른 직군과의 통합요청이 있는데 본인의 의견을 말씀해 주세요.

Q: 노사 합의로 기체결된 단체협약 규정 중 노조법 법령 위반에 해당하는 규정에 대해 추후 노조의 이의제기가 있는 경우 어떻게 처리해야 하나요?

Q: 직장 내 괴롭힘이 발생하면 본인은 어떻게 처리할 것인지와 노동청에 진정이 접수된 경우, 행정 처리 및 종결 절차에 대해서 말씀해 주세요.

○○대학교 전문계약직

Q: 간단히 자기소개 부탁드립니다.

Q: 본인의 전문 분야가 어떻게 되나요?

Q: 공무원을 그만둔 이유가 무엇인가요?

Q: 교수노조와 단체교섭에서 중요한 부분이 무엇인가요?

Q: 교섭 과정에서 노조와 교섭 내용이 현격한 차이가 있을 때 어떻게 해야 하나요?

Q: 교원노조법과 일반노조법의 차이점이 무엇인가요?

Q: 간단히 자기소개 부탁드립니다.

Q: 우리 조직에 노조가 몇 개 있고, 주요 이슈가 무엇인지
　　아시나요?

Q: 민원이 발생하는 경우 어떻게 처리하겠습니까?

Q: 상관이 자신의 의견과 상반되는 업무지시를 하는 경우
　　어떻게 하겠습니까?

Q: 공무원의 월급이 상대적으로 적은데 괜찮겠어요?

Q: 공무원으로서 중요하다고 생각되는 자질에 대해서 말씀
　　해 주세요.

Q: 포부나 마지막으로 하고 싶은 말 있으면 하세요.

4

민국 씨의 조현병(정신분열병) 산재로 승인

○○시의 어느 장애인 복지시설에서 어리숙한 남성 민국 씨를 만났다.

귀는 레슬링 선수처럼 말려 있었고, 왼쪽 손목은 부어 있었는데 관절이 거의 굳은 것 같았다. 무엇보다도 어딘가 모자란 사람처럼 말이 어눌하고, 가만히 있지 못하고 안절부절 어쩔 줄 몰라 하는 모습이 이상했다.

가족에 따르면 오랜 기간 강제노역으로 고통받다 가족의 품으로 돌아온 민국 씨의 상태는 말로 표현하기 힘든 상태였다고 한다. 병색이 역력한 모습은 물론이고 정상적인 사고와 의사소통이 불가능한 상태였다고 하는데 그에게는 무슨 일이 있었던 것일까?

나는 민국 씨의 조현병 사건을 수임해 산재로 승인받은 경험이 있다.

업무상 질병을 입증하기 위해 당시 민·형사 사건을 진행하고 있던 변호사 사무실에서 소송 진행 기록(소장, 해양경찰 조사기록, 법원 판결문 등)을 협조받아 입수했다. 민국 씨가 다니는 병원 담당 주치의를 만나 소견서, 그리고 과거 10년 치 건강보험 요양급여 내역 등을 확보해서 종합적으로 검토하기 시작했다.

본 사건의 핵심은 업무수행 전에는 정신적으로 건강했다는 점, 업무수행 이후 불안전한 작업환경, 동료 근로자의 폭행이나 가혹행위 등으로 신청인(산재 주장 근로자)이 감당하기 힘든 공포와 스트레스를 이기지 못하고 뇌 기능의 취약성이 조현병으로 발현되었다는 점을 입증함에 있다.

약 6개월 동안 사건에 매달린 끝에 업무와 인과관계를 인정받아 산재 승인 결정을 받았다.

쉽지 않았지만 민국 씨가 국가의 따뜻한 보상을 받을 수 있게 되어 보람을 느낄 수 있었고, 여기에 더해 두둑한 수임료는 덤이었다. 사실 많은 노무사가 이 맛에 일한다. 오랜 시간 애쓴 노력에 대한 보상이라고 생각하니 뿌듯했다.

산업재해보상보험법 제37조(업무상의 재해의 인정 기준)

① 근로자가 다음 각 호의 어느 하나에 해당하는 사유로 부
상 · 질병 또는 장해가 발생하거나 사망하면 업무상의
재해로 본다. 다만, 업무와 재해 사이에 상당인과관계(相
當因果關係)가 없는 경우에는 그러하지 아니하다.

1. 업무상 사고

가. 근로자가 근로계약에 따른 업무나 그에 따르는 행위를
하던 중 발생한 사고

나. 사업주가 제공한 시설물 등을 이용하던 중 그 시설물
등의 결함이나 관리소홀로 발생한 사고

다. 삭제

라. 사업주가 주관하거나 사업주의 지시에 따라 참여한 행
사나 행사준비 중에 발생한 사고

마. 휴게시간 중 사업주의 지배관리하에 있다고 볼 수 있는
행위로 발생한 사고

바. 그 밖에 업무와 관련하여 발생한 사고

2. 업무상 질병

가. 업무수행 과정에서 물리적 인자(因子), 화학물질, 분진, 병원체, 신체에 부담을 주는 업무 등 근로자의 건강에 장해를 일으킬 수 있는 요인을 취급하거나 그에 노출되어 발생한 질병

나. 업무상 부상이 원인이 되어 발생한 질병

다. 「근로기준법」 제76조의2에 따른 직장 내 괴롭힘, 고객의 폭언 등으로 인한 업무상 정신적 스트레스가 원인이 되어 발생한 질병

라. 그 밖에 업무와 관련하여 발생한 질병

3. 출퇴근 재해

가. 사업주가 제공한 교통수단이나 그에 준하는 교통수단을 이용하는 등 사업주의 지배관리하에서 출·퇴근 하는 중 발생한 사고

나. 그 밖에 통상적인 경로와 방법으로 출·퇴근 하는 중 발생한 사고

5

「노란봉투법」과 대통령의 거부권

「노란봉투법」이 뭐길래 노동계의 염원과 야당의 적극적인 추진으로 통과한 법을 대통령이 거부권을 행사했을까?

「노란봉투법」이란 이름은 2014년 법원이 쌍용차 사태에 참여한 노조의 조합원들에게 47억 원의 손해배상액판결을 내린 후 한 시민이 '노란색 봉투'에 작은 성금을 전달하기 시작했고, 이후 시민들의 '노란 봉투 캠페인'으로 이어져 15억에 가까운 돈을 모금된 것, 과거 월급봉투가 노란색이었다는 점에서 착안하여 손해배상 가압류로 고통받는 노동자들이 예전처럼 월급을 받아 다시 평범한 일상을 되찾길 바라는 마음으로 지은 이름이라고 한다.

「노란봉투법」을 간단히 소개하면 「노동조합 및 노동관계조정법」 제2조의 사용자 개념을 근로계약의 당사자인 사용자

뿐만 아니라 하청(용역)업체 소속 근로조건에 실질적인 영향력을 행사할 수 있는 원청(도급)업체까지 확장한다. 또한 동법 제3조 손해배상 책임을 인정하는 경우 각 손해의 배상 의무자의 귀책 사유 및 불법행위 기여도에 따라 개별적으로 책임 범위를 정하도록 해 노조원의 손해 배상책임을 완화하는 것을 골자로 한다.

「노동조합 및 노동관계조정법」은 정당한 조합 활동 및 쟁의행위에 대해서는 민사상, 형사상 면책 규정을 두고 있지만, 위법한 쟁의행위에 대해서는 면책 규정이 적용되지 않기 때문에 민사적으로는 손해 배상책임, 형사적으로는 업무방해죄 등의 형사 책임을 져야 한다. 민·형사 책임의 주체는 불법 쟁의행위를 주도한 노동조합과 간부 및 참여 노조원이 각각 책임을 지게 되는데 손해배상액에 대해서 연대책임, 형사 책임은 노조 간부 및 관련 형법 위반 행위자가 져야 한다.

따라서 과도한 손해배상액과 가압류로 인한 노조원의 생계가 위협받게 되는 문제점에서 착안해 실질적인 노동삼권 보장을 위해 사용자 범위를 확장해 쟁의행위의 정당성 범위를 넓혀 주고, 손해 배상책임도 개별적으로 각각 책임에 따라 산정하도록 해 불법 쟁의행위로 인한 과도한 손해배상 및 무분별한 가압류로 노조원의 생계가 위협받는 것을 막고자 하는「노란봉투법」의 취지이다.

이에 대해 여당과 사용자단체에서는 불법 쟁의행위를 부추길 위험이 있고, 공동불법행위에 대한 연대책임이라는 민법의 원칙에 맞지 않다고 반대하는 것이다.

누구 말이 맞을까? 다 맞는 말이다. 결국은 가치판단의 문제이다.

어떤 권리가 더 중요하고 우선시 되어야 하는지 상충되는 권리를 조율하고 확정하는 것이 법이기 때문이다.

참고 판례

사건번호: 서울행법 2021구합71748, 선고일자: 2023-01-12

【요 지】 1. 노동조합법 제81조제1항제3호의 '사용자'라

함은 근로자와의 사이에 사용종속관계가 있는 자, 즉 근로자와의 사이에 그를 지휘·감독하면서 그로부터 근로를 제공받고 그 대가로서 임금을 지급하는 것을 목적으로 하는 명시적이거나 묵시적인 근로계약관계를 맺고 있는 자를 말한다.

나아가 노동조합법 제81조제1항제3호의 사용자에는 같은 항 제4호의 사용자와 마찬가지로 근로자와의 사이에 사용종속관계가 있는 자뿐만 아니라 기본적인 노동조건 등에 관하여 그 근로자를 고용한 사업주로서의 권한과 책임을 일정 부분 담당하고 있다고 볼 정도로 실질적이고 구체적으로 지배·결정할 수 있는 지위에 있는 자도 포함된다고 해석함이 타당하다.

단체교섭에 대한 사용자의 거부나 해태에 정당한 이유가 있는지 여부는 노동조합 측의 교섭권자, 노동조합 측이 요구하는 교섭시간, 교섭장소, 교섭사항 및 그의 교섭태도 등을 종합하여 사회통념상 사용자에게 단체교섭의무의 이행을 기대하는 것이 어렵다고 인정되는지 여부에 따라 판단하여야 한다.

2. 원고(○○○○통운)는 자신이 집배점 택배기사들에

대한 관계에서 노동조합법상 사용자에 해당하지 않는다는 이유로 참가인(진겍택배노동조합)의 이 사건 단체교섭 요구를 거부하였다. 그러나 원고는 집배점 택배기사들에 대한 관계에서 노동조합법상 사용자에 해당하므로, 자신이 집배점 택배기사들에 대한 관계에서 노동조합법상 사용자에 해당하지 않는다는 것은 참가인의 이 사건 단체교섭 요구를 거부할 정당한 이유가 될 수 없다. 나아가 원고는 이 사건 단체교섭 요구를 거부할 다른 정당한 이유에 대해 아무런 주장·증명을 하지 않고 있다.

그렇다면 이 사건 단체교섭 거부에 정당한 이유가 있다고 할 수 없고, 노동조합법 제81조제1항제3호의 부당노동행위에 해당한다.

6
포괄 임금과 공짜 노동

사례

게임 회사 개발자 A씨는 회사에서는 포괄임금제라고 하면서 한 달 40시간은 무조건 야근해야 한다고 강요하고 실제로 주말, 휴일까지 나와서 월 40시간 넘게 일했지만, 추가 수당을 받지 못했다.

위 사례는 포괄임금제 오남용 사례로 실제 근로조건을 반영하지 못해 공짜 노동을 강요하는 근로자에게 불리한 계약으로 무효이다. 따라서 실근로시간에 따른 추가 연장근로수당을 지급해야 한다.

소위 포괄임금제(포괄 임금 · 고정 OT 계약)는 근로기준법상 제도가 아닌, 판례에 의해 형성된 임금 지급계약 방식으로서 각각 산정해야 할 복수의 임금 항목을 포괄하여 일정액으로 지급하는 계약을 말한다.

원칙적으로 사용자는 노동자가 실제 근로한 시간에 따라 시간외근로 등에 상응하는 법정수당을 산정 및 지급하여야 하나, 판례는 예외적으로 근로 시간 산정이 어려운 경우 등 **엄격한 요건*** 하에서 임금의 포괄적 산정을 인정해 왔다.

* ① 근로 시간 산정이 어렵거나, 근로 시간 산정이 어렵지 않다면 근로 시간 규제를 위반하지 않을 것 ② 당사자 간 합의가 있을 것 ③ 근로자에게 불이익하지 않을 것 등(대법 2010.5.13. 2008다6052 등)

한편, 현장에서는 근로 시간 산정이 가능함에도 임금 계산의 편의, 예측 가능성 제고 등을 이유로 이른바 고정 OT 계약을 활용하고 있지만, 유효하지 않은 포괄 임금과 고정 OT 계약은 근로기준법상 **강행성과 보충성의 원칙(근로기준법 제15조*)**에 따라 약정 시간을 초과하는 연장근로에 대해서는 임금을 지급하여야 한다.

* 근로기준법 제15조(이 법을 위반한 근로계약)
① 이 법에서 정하는 기준에 미치지 못하는 근로조건을 정한 근로계약은 그 부분에 한정하여 무효로 한다.
② 제1항에 따라 무효로 된 부분은 이 법에서 정한 기준에 따른다.

사건번호: 대법 2019다29778, 선고일자: 2023-11-30

근로 시간, 근로 형태와 업무의 성질을 고려할 때 근로 시간의 산정이 어려운 것으로 인정되는 경우에는 사용자와 근로자 사이에 기본임금을 미리 산정하지 아니한 채 법정수당까지 포함된 금액을 월 급여나 일당 임금으로 정하여 이를 근로 시간 수에 상관없이 지급하기로 약정하는 내용의 이른바 포괄임금제에 의한 임금 지급계약을 체결하더라도 그것이 달리 근로자에게 불이익이 없고 여러 사정에 비추어 정당하다고 인정될 때는 유효하다(대법원 2005.8.19. 선고 2003다66523 판결 등 참조). 그러나 위와 같이 근로 시간의 산정이 어려운 경우가 아니라면 특별한 사정이 없는 한 근로기준법 상 수당 산정의 원칙이 적용되어야 하므로, 포괄임금에 포함된 정액의 법정수당이 근로기준법이 정한 기준에 따라 산정된 법정수당에 미달한다면 그에 해당하는 포괄임금제에 의한 임금 지급계약 부분은 근로자에게 불이익하여 무효이고, 사용자는 근로기준법의 강행성과 보충성

원칙에 의하여 근로자에게 그 미달되는 법정수당을 지급할 의무가 있다(대법원 2010.5.13. 선고 2008다6052 판결 등 참조).

한편 연차수당이 근로기준법에서 정한 기간을 근로하였을 때 비로소 발생하는 것이라 할지라도 당사자 사이에 미리 그러한 소정 기간의 근로를 전제로 하여 연차수당을 일당임금이나 매월 일정액에 포함하여 지하는 것이 불가능한 것이 아니며, 포괄임금제란 각종 수당의 지급 방법에 관한 것으로서 근로자의 연차휴가권의 행사 여부와는 관계가 없으므로 포괄임금제가 근로자의 연차휴가권을 박탈하는 것이라고 할 수 없다(대법원 1998.3.24. 선고 96다24699 판결 등 참조).

요컨대, 일정한 한도의 연장근로를 약정하고 있고, 해당 연장근로에 대한 수당이 근로계약서에 표기되어 있다면 ① 근로자에게 불리하지 않은 때 ② 고정 OT 계약으로 약정된 근로 시간 범위 내에서만 연장근로가 유효하다.

하지만, 약정 근로 시간을 초과하는 근로에 대해서는 사용자는 추가 연장근로수당을 지급해야 한다.

7

실업급여와 부정수급

상담 문의 중 실업급여와 부정수급에 대한 문의가 부쩍 많아졌다. 그만큼 경기가 어렵고, 먹고살기가 힘들다는 반응과 실업급여가 근로의욕을 꺾고 부정수급 등 도덕적 해이를 부추긴다는 비판도 상존한다. 실업급여 및 부정수급에 관한 주요 질문에 대한 답을 정리해 보았다.

Q & A

Q: 실업급여는 얼마나, 언제까지 받을 수 있나요?

A: 이직(퇴직) 당시 연령과 고용보험 가입 기간에 따라 120일~270일의 범위에서 이직 전 평균임금의 60%를 지급합니다.

*상한액: 1일 66,000원. **하한액: 당해 연도 최저임금액의 80%

구직급여의 소정급여일수

구분		피보험기간				
		1년 미만	1년 이상 3년 미만	3년 이상 5년 미만	5년 이상 10년 미만	10년 이상
이직일 현재 연령	50세 미만	120일	150일	180일	210일	240일
	50세 이상	120일	180일	210일	240일	270일

비고: 「장애인고용촉진 및 직업재활법」 제2조제1호에 따른 장애인은 50세 이상인 것으로 보아 위 표를 적용한다.

Q: 자발적 퇴사의 경우에도 실업급여를 받을 수 있나요?

A: 네. 수급 자격이 제한되지 않는 정당한 이직 사유에 해당하면 가능합니다.

근로자의 수급자격이 제한되지 아니하는 정당한 이직 사유

1. 다음 각 목의 어느 하나에 해당하는 사유가 이직일 전 1년 이내에 2개월 이상 발생한 경우

   가. 실제 근로조건이 채용 시 제시된 근로조건이나 채용 후 일반적으로 적용받던 근로조건보다 낮아지게 된 경우

   나. 임금체불이 있는 경우

   다. 소정근로에 대하여 지급받은 임금이 「최저임금법」에 따른 최저임금에 미달하게 된 경우

라. 「근로기준법」 제53조에 따른 연장 근로의 제한을
　　위반한 경우

마. 사업장의 휴업으로 휴업 전 평균임금의 70퍼센트
　　미만을 지급받은 경우

2. 사업장에서 종교, 성별, 신체장애, 노조활동 등을 이유
　　로 불합리한 차별대우를 받은 경우

3. 사업장에서 본인의 의사에 반하여 성희롱, 성폭력, 그
　　밖의 성적인 괴롭힘을 당한 경우

3-2. 「근로기준법」 제76조의2에 따른 직장 내 괴롭힘을 당
　　한 경우

4. 사업장의 도산·폐업이 확실하거나 대량의 감원이 예
　　정되어 있는 경우

5. 다음 각 목의 어느 하나에 해당하는 사정으로 사업주
　　로부터 퇴직을 권고받거나, 인원 감축이 불가피하여
　　고용조정계획에 따라 실시하는 퇴직 희망자의 모집으
　　로 이직하는 경우

가. 사업의 양도·인수·합병

나. 일부 사업의 폐지나 업종전환

다. 직제개편에 따른 조직의 폐지·축소

라. 신기술의 도입, 기술혁신 등에 따른 작업형태의 변경

마. 경영의 악화, 인사 적체, 그 밖에 이에 준하는 사유
　　가 발생한 경우

6. 다음 각 목의 어느 하나에 해당하는 사유로 통근이 곤
란(통근 시 이용할 수 있는 통상의 교통수단으로는 사업장으
로의 왕복에 드는 시간이 3시간 이상인 경우를 말한다)하게
된 경우

가. 사업장의 이전

나. 지역을 달리하는 사업장으로의 전근

다. 배우자나 부양하여야 할 친족과의 동거를 위한 거
　　소 이전

라. 그 밖에 피할 수 없는 사유로 통근이 곤란한 경우

7. 부모나 동거 친족의 질병·부상 등으로 30일 이상 본
인이 간호해야 하는 기간에 기업의 사정상 휴가나 휴
직이 허용되지 않아 이직한 경우

8. 「산업안전보건법」 제2조제2호에 따른 '중대재해'가
발생한 사업장으로서 그 재해와 관련된 고용노동부장
관의 안전보건상의 시정명령을 받고도 시정기간까지
시정하지 아니하여 같은 재해 위험에 노출된 경우

9. 체력의 부족, 심신장애, 질병, 부상, 시력·청력·촉각의 감퇴 등으로 피보험자가 주어진 업무를 수행하는 것이 곤란하고, 기업의 사정상 업무종류의 전환이나 휴직이 허용되지 않아 이직한 것이 의사의 소견서, 사업주 의견 등에 근거하여 객관적으로 인정되는 경우

10. 임신, 출산, 만 8세 이하 또는 초등학교 2학년 이하의 자녀(입양한 자녀를 포함한다)의 육아, 「병역법」에 따른 의무복무 등으로 업무를 계속적으로 수행하기 어려운 경우로서 사업주가 휴가나 휴직을 허용하지 않아 이직한 경우

11. 사업주의 사업 내용이 법령의 제정·개정으로 위법하게 되거나 취업 당시와는 달리 법령에서 금지하는 재화 또는 용역을 제조하거나 판매하게 된 경우

12. 정년의 도래나 계약기간의 만료로 회사를 계속 다닐 수 없게 된 경우

13. 그 밖에 피보험자와 사업장 등의 사정에 비추어 그러한 여건에서는 통상의 다른 근로자도 이직했을 것이라는 사실이 객관적으로 인정되는 경우

Q: 지금 다니는 회사에 사직서를 제출하고 다른 회사에서
계약직으로 일하고 퇴사하면, 전에 다녔던 회사의 고
용보험 가입 기간을 합산해서 실업급여를 받을 수 있나
요?

A: 네 맞습니다. 단, 종전 사업장에서 피보험자격을 상실
한 날로부터 3년 이내에 현재 사업장에서 피보험자격
을 취득한 경우로서 전 사업장에서 실업급여를 받지 않
았어야 합니다.

Q: 정규직으로 입사했지만, 근무기간 중 당사자간 합의로
계약직으로 변경한 경우 추후 계약기간 만료로 퇴사하
는 경우 실업급여가 가능한가요?

A: 네 가능합니다. 다만, 계약직으로 근로조건이 변경될
당시에 근로복지공단에 해당 피보험자의 고용정보를
상용직에서 계약직으로 변경해야 합니다.

Q: 아파서 퇴사하는데 실업급여를 받을 수 있나요?

A: 우선, 진단서를 첨부해 회사에 병가 신청을 해야 하고,
회사에서 병가를 부여하지 않아 치료를 위해 사직하는

경우 실업급여를 받을 수 있습니다. 여기서 중요한 것은 고용보험 상실 사유가 질병으로 인한 퇴사로 신고되어야 한다는 점입니다. 실업급여는 질병이 완치된 이후 구직활동을 할 수 있을 때 거주지 관할 고용복지센터에 실업인정을 신청하면 됩니다. 이때 고용센터에서 질병 치료가 끝나 업무를 수행할 수 있다는 진단서를 요청할 수 있습니다.

Q: 사업자등록이 있는 경우, 실업급여를 받을 수 없나요?

A: 사업자등록증이 있다면 기본적으로 실업 상태로 보기 어렵습니다. 즉, 사업자등록일이 이직 전인지 이직 후인지 불문하고 사업자등록증 상 개업 연월일 이후에는 실업 상태가 아닌 자영업을 영위하는 것으로 추정하여 수급자격 및 실업인정이 불가합니다. 다만, 다음의 하나에 해당하는 경우는 가능합니다.

– 사실상 사업을 영위하지 않는 경우로서 수급자격 신청일부터 7일 이내에 휴업사실증명원 또는 폐업사실증명원을 제출한 경우

– 부동산임대업으로 사업자등록을 하였으나, 부동산

관리를 위한 사무실 또는 종업원을 두지 않는 등 부동
산임대업을 하지 않는다고 인정되는 경우

※ 사업자등록증(사본) 제출, 고용센터 수급자격 담당자의 추가적 서
류요청 가능함

한편, 고용보험은 회사와 근로자가 내는 보험료를 재원으
로 근로복지공단이 운영하는 사회보험이다. 실직 상태에 있
는 근로자의 생존권 및 구직활동을 지원하기 위한 목적으
로 법정 요건에 해당하면 보험금을 지급하는 실업급여를 허
위 기타 부정한 방법으로 받았다면 보험사기에 해당한다. 따
라서 적발 시 부정으로 수급한 실업급여에 대한 환수 조치는
물론, 2배~5배 추가 환수 조치될 수 있고, 부정수급액의 과
다 및 부정수급 경위, 공모 여부, 고의성 등에 따라 최대 5년
이하의 징역 또는 5천만 원 이하의 벌금형에 처할 수 있다.

관련 법령

고용보험법 시행규칙 제78조(부정행위에 따른 추가징수 등)

나는 사십 대 노총각, 홀로서기 중인 노무사입니다

① 법 제35조제2항에 따른 추가징수액은 다음 각 호의 구분에 따른 금액으로 한다.

1. 다음 각 목의 어느 하나에 해당하는 경우에는 거짓이나 그 밖의 부정한 방법으로 지급받은 금액의 5배

   가. 근무한 사실이 없는 사람을 피보험자로 등록하여 지원금을 지급받은 경우

   나. 부정행위 적발일 전 최근 5년 동안 거짓이나 그 밖의 부정한 방법으로 지원금을 지급받거나 지급받으려고 신청하여 법 제35조제1항에 따라 고용노동부장관으로부터 지급제한 또는 반환명령을 받은 사실이 있는 경우

   다. 그 밖에 가목 및 나목에 준하는 것으로 그 위반행위의 정도, 동기 및 결과 등을 고려하여 직업안정기관의 장이 거짓이나 그 밖의 부정한 방법으로 지원금을 지급받거나 지급받으려고 한 것에 고의 또는 중대한 과실이 있다고 판단되는 경우

2. 제1호에 해당하는 경우를 제외하고 거짓이나 그 밖의

부정한 방법으로 지원금을 지급받은 경우에는 그 금액의 2배

② 제1항에도 불구하고 부정행위자가 부정행위 조사에 성실히 응하고, 법 제35조제1항 · 제2항에 따라 반환명령을 받은 금액 및 추가징수액 전액을 즉시 납부할 것을 확약서로 작성하여 직업안정기관의 장에게 제출한 경우 그 확약서에 기재된 날까지는 제1항 각 호의 금액에 100분의 60을 곱한 금액을 추가징수액으로 하여 징수할 수 있다.

③ 부정행위자 본인이나 사업장에 대한 조사 전까지 거짓이나 그 밖의 부정행위를 자진 신고한 자에게는 제1항에 따른 추가징수를 하지 아니할 수 있다.

관련 판결

사건번호: 울산지법 2021고정476, 선고일자 : 2022-03-25

【주 문】

피고인을 벌금 200만 원에 처한다.

피고인이 위 벌금을 납입하지 아니하는 경우 10만 원을 1일로 환산한 기간 피고인을 노역장에 유치한다.
피고인에게 위 벌금에 상당한 금액의 가납을 명한다.

【이 유】

[범죄사실]

피고인은 2020.5.29. B울산삼산점에서 이직 후 2020. 6.2. 실업급여 수급자격을 인정받아 2020.6.9.부터 2020. 11.5.까지 구직급여를 받은 자이다.

누구든지 거짓이나 그 밖의 부정한 방법으로 실업급여를 받아서는 아니되며, 근로의 의사와 능력이 있음에도 불구하고 취업하지 못한 상태에 있을 경우 수급자격이 인정된다.

그럼에도 불구하고 피고인은 2020.6. 이미 C타운에 취업 중이었음에도 2020.6.2. 울산고용복지플러스센터에 동 취업사실을 숨기고 거짓으로 수급자격을 인정받아 2020.6.16. 실업인정을 신청하여 8일분의 구직급여 480,960원을 받는 등 별지 범죄일람표 기재와 같이 총 7회에 걸쳐 합계 146일분의 구직급여 8,777,520원을 부정수급하였다.

8

주휴수당과 연차수당

관련 법령

근로기준법 제55조(휴일)

① 사용자는 근로자에게 1주에 평균 1회 이상의 유급휴일
   을 보장하여야 한다.

② 사용자는 근로자에게 대통령령으로 정하는 휴일을 유급
   으로 보장하여야 한다. 다만, 근로자대표와 서면으로 합
   의한 경우 특정한 근로일로 대체할 수 있다.

근로기준법 시행령에서는 '1주 동안의 소정근로일을 개근
한 자'에게 주휴일을 주도록 규정하고 있고, 법령상 그다음
주까지 근로관계가 유지되어야 한다는 내용은 없으며, '1주
에 평균 1회 이상의 유급휴일을 보장'한다는 규정은 최소한 1

주 동안의 근로관계 존속을 전제로 한다고 봄이 타당하므로 1주간 근로관계가 존속되고 소정근로일에 개근하였다면 1주를 초과한 날(8일째)의 근로가 예정되어 있지 않더라도 주휴수당 발생한다.

> ※ (예시) 소정근로일이 월~금까지이며, 개근했고, 주휴일은 일요일인 경우
> 월요일 ~ 금요일까지 근로관계 유지(토요일에 퇴직)
> → 주휴수당 미발생
> 월요일 ~ 일요일까지 근로관계 유지(그다음 월요일에 퇴직)
> → 주휴수당 발생
> 월요일 ~ 그다음 월요일까지 근로관계 유지(그다음 화요일에 퇴직)
> → 주휴수당 발생

한편, 1일 8시간, 주 40시간을 근무하는 통상 근로자의 하루 미사용 연차수당은 본인 통상임금(시급)에 8시간을 곱한 금액이다. 만약, 아르바이트 등 단시간 근로자의 경우의 미사용 연차수당은 단시간 근로자의 1일 소정근로시간 * 통상임금(시급)이다. 여기서 단시간 근로자의 1일 소정근로시간은 4주간의 소정근로시간을 통상 근로자의 4주간의 소정근로일로 나눈 값이 된다.

※ (예시) 통상 근로자의 소정근로일이 주 5일, 단시간 근로자의 1주 소정
근로시간이 30시간
  – 단시간 근로자의 1일 소정근로시간은 = 120시간 / 20일 = 6시간
  – 단시간 근로자의 1일 미사용 연차수당 = 6시간 * 통상임금(시급)

관련 법령

근로기준법 제60조(연차 유급휴가)

① 사용자는 1년간 80퍼센트 이상 출근한 근로자에게 15
일의 유급휴가를 주어야 한다.

② 사용자는 계속하여 근로한 기간이 1년 미만인 근로자
또는 1년간 80퍼센트 미만 출근한 근로자에게 1개월
개근 시 1일의 유급휴가를 주어야 한다.

③ 삭제

④ 사용자는 3년 이상 계속하여 근로한 근로자에게는 제1
항에 따른 휴가에 최초 1년을 초과하는 계속 근로 연수
매 2년에 대하여 1일을 가산한 유급휴가를 주어야 한
다. 이 경우 가산휴가를 포함한 총 휴가 일수는 25일을
한도로 한다.

⑤ 사용자는 제1항부터 제4항까지의 규정에 따른 휴가를

근로자가 청구한 시기에 주어야 하고, 그 기간에 대하여는 취업규칙 등에서 정하는 통상임금 또는 평균임금을 지급하여야 한다. 다만, 근로자가 청구한 시기에 휴가를 주는 것이 사업 운영에 막대한 지장이 있는 경우에는 그 시기를 변경할 수 있다.

제1항 및 제2항을 적용하는 경우 다음 각 호의 어느 하나에 해당하는 기간은 출근한 것으로 본다.

1. 근로자가 업무상의 부상 또는 질병으로 휴업한 기간

2. 임신 중의 여성이 제74조제1항부터 제3항까지의 규정에 따른 휴가로 휴업한 기간

3. 「남녀고용평등과 일·가정 양립 지원에 관한 법률」 제19조제1항에 따른 육아휴직으로 휴업한 기간

⑦ 제1항·제2항 및 제4항에 따른 휴가는 1년간(계속하여 근로한 기간이 1년 미만인 근로자의 제2항에 따른 유급휴가는 최초 1년의 근로가 끝날 때까지의 기간을 말한다) 행사하지 아니하면 소멸된다. 다만, 사용자의 귀책사유로 사용하지 못한 경우에는 그러하지 아니하다.

연차휴가의 출근률을 산정할 때 근로계약, 취업규칙 또는

단체협약 등에 근거하거나 사용자의 허락하에 부여받은 **약정 육아휴직 또는 업무 외 부상·질병 휴직 등의 기간은 근로제공 의무가 정지되는 휴직으로**, 개인적 귀책사유로 근로제공을 하지 않은 결근과는 다르므로 근로관계의 권리·의무가 정지된 기간으로 보아 **소정근로일수와 출근일수에서 제외**한다.

※ (예시) 연간 소정근로일이 240일인 사업장에 근무하는 근로자가 **출산휴가 90일**, 업무상 사고(산재)로 30일, 육아휴직으로 90일, 개인질병으로 인한 **병가로 30일**을 사용한 경우, 근속기간이 2년 2개월인 근로자의 연차휴가 발생일은 며칠인가?

☞ 출근률 산정시 출산휴가, 업무상 사고, 육아휴직기간은 출근한 것으로 보고, 개인질병으로 인한 병가는 소정근로일에서 제외한다. 따라서 출근률이 8할이 넘기 때문에 15일의 연차휴가가 발생하지만, 병가기간을 소정근로일수에서 제외했으므로 통상 소정근로일에 비례적으로 부여해야 하므로 총 발생 연차휴가는 **13일**이다.

○ 출근률 = 210일/210일 = 100%

○ 연차휴가 = 15일 * 210일 / 240일=13일

9

성과급 지급 의무와 퇴직금 산정 시 포함 여부

성과급(Incentive)은 단체협약, 취업규칙, 근로계약서 등 규정에 따라 지급 기준과 금액이 사전에 확정되어 있다면, 사용자(회사)의 지급 의무가 있으므로 요건을 충족하면 반드시 지급해야 한다. 다만, 그 지급 기준이나 지급 여부가 불명확해 회사 상황에 따라 때때로 지급하는 정도라면 근로의 대가인 임금으로 볼 수 있을지 다툼이 된다.

한편, 정기 상여금처럼 매월 정기적으로 일정 금액을 고정적으로 지급된다면 통상임금에 포함되어 법정수당(연차수당, 연장수당 등) 산정에 영향을 주지만, 그렇지 않고 성과급 지급 규정에 따라 요건 충족 여부를 사전에 알 수 없어 지급 여부 및 지급 금액을 사전에 확정할 수 없다면 통상임금에는 해당하지 않는다. 다만, 그렇더라도 근로에 대한 대가성이 인정된다면 평균임금에는 포함되는 경우가 일반적이다.

한편, 성과급이 근로와 직접적이고 밀접한 관계가 없는 경영성과급, PI, PS 등은 임금성이 부정된다는 판결도 있다.

노무사인 나도 어려운 부분이고, 엇갈린 판례나 해석이 많으므로 이 장은 간단히 읽고 넘어가자. 그래도 궁금하다면 노무사의 상담을 받아 보자.

관련 법령

퇴직급여보장법 제8조(퇴직금제도의 설정 등)

① 퇴직금제도를 설정하려는 사용자는 계속근로기간 1년에 대하여 30일분 이상의 평균임금을 퇴직금으로 퇴직근로자에게 지급할 수 있는 제도를 설정하여야 한다.

② 제1항에도 불구하고 사용자는 주택구입 등 대통령령으로 정하는 사유로 근로자가 요구하는 경우에는 근로자가 퇴직하기 전에 해당 근로자의 계속근로기간에 대한 퇴직금을 미리 정산하여 지급할 수 있다. 이 경우 미리 정산하여 지급한 후의 퇴직금 산정을 위한 계속근로기간은 정산시점부터 새로 계산한다.

근로기준법 제2조(정의)

① 이 법에서 사용하는 용어의 뜻은 다음과 같다.

6. "평균임금"이란 이를 산정하여야 할 사유가 발생한 날 이전 3개월 동안에 그 근로자에게 지급된 임금의 총액을 그 기간의 총일수로 나눈 금액을 말한다. 근로자가 취업한 후 3개월 미만인 경우도 이에 준한다.

관련 행정해석

평균임금 산정상의 상여금 취급요령
[시행 2015. 10. 14.] [고용노동부예규 제96호, 2015. 10. 14., 일부개정]

Ⅰ. 평균임금 산정상의 상여금 취급요령

상여금을 평균임금 산정기초에 산입할지에 관하여 아래와 같은 기준에 따라 처리하기 바람.

1. 상여금이 단체협약, 취업규칙, 그 밖에 근로계약에 미리 지급되는 조건 등이 명시되어 있거나 관례로 계속 지급

하여온 사실이 인정되는 경우 그 상여금의 지급이 법적인 의무로서 구속력을 가지게 되어 이 때에는 근로제공의 대가로 인정되는 것이므로 이는 임금으로 취급하여야 할 것임. 그러므로 지급되는 상여금은 지급횟수(예를 들어 연 1회 또는 4회 등)를 불문하고 평균임금 산정기초에 산입함.

2. 상여금은 근로자가 지급받았을 당해 임금지급기만의 임금으로 취급하여 일시에 전액을 평균임금 산정기초에 산입할 것이 아니고 평균임금을 산정하여야 할 사유가 발생한 때 이전 12개월 중에 지급받은 상여금 전액을 그 기간 동안의 근로 개월수로 분할 계산하여 평균임금 산정기초에 산입함.

3. 근로자가 근로를 제공한 기간이 1년 미만인 경우에는 그 기간 동안 지급받은 상여금 전액을 해당 근로 개월수로 분할 계산하여 평균임금 산정기초에 산입함.

1. 시행일

이 예규는 발령한 날부터 시행한다.

2. 재검토기한

고용노동부장관은 이 예규에 대하여 2019년 1월 1일 기준으로 매 3년이 되는 시점(매 3년째의 12월 31일까지를 말한다)마다 그 타당성을 검토하여 개선 등의 조치를 하여야 한다.

요약하면, 퇴직금에 포함되는 성과 상여금은 퇴사 직전 3개월 동안의 근로한 대가로 받거나 받을 수 있는 수당으로서 퇴직금 산정 사유가 발생한 날 이전 1년간 회사가 지급 기준에 따라 지급한 성과 상여금 3/12이 포함된다.

다만, 성과급의 임금성 여부 및 평균임금에 포함해야 하는 성과급의 액수는 취업규칙 등 관련 규정 및 구체적인 사정에 따라 달리 판단될 수 있으므로 노무사의 법적 검토를 받을 것을 권한다.

사건번호: 대법원2018다231536, 선고일: 2018.12.13.

1. 평균임금 산정의 기초가 되는 임금은 사용자가 근로의 대가로 근로자에게 지급하는 금품으로서, 근로자에게 계속적·정기적으로 지급되고 단체협약, 취업규칙, 급여 규정, 근로계약, 노동관행 등으로 사용자에게 지급의무가 있는 것을 말한다. 공공기관 경영평가성과급이 계속적·정기적으로 지급되고 지급대상, 지급조건 등이 확정되어 있어 사용자에게 지급의무가 있다면, 이는 근로의 대가로 지급되는 임금의 성질을 가지므로 평균임금 산정의 기초가 되는 임금에 포함된다고 보아야 한다(대법원 2018.10.12. 선고 2015두36157 판결 등 참조).

2. 원심은, 원고들이 지급받은 경영평가 성과급이 평균임금 산정의 기초가 되는 임금에 포함되고, 이와 같이 산정된 평균임금으로 퇴직금을 계산해야 한다고 판단하였다.

   그 이유로 피고의 직원연봉규정과 직원연봉규정 시행세

칙이 피고에게 경영평가성과급 지급의무가 있음을 전제로 지급의 기준, 방법과 시기 등을 정하고 있고, 피고는 소속 직원들에게 경영평가등급에 따른 경영평가성과급을 예외 없이 지급하였다는 점 등을 들었다.

위에서 본 법리에 비추어 살펴보면, 원심의 판단에 상고이유 주장과 같이 평균임금에 관한 법리 등을 오해한 잘못이 없다.

3. 피고의 상고는 이유 없으므로 이를 모두 기각하고, 상고비용은 패소자가 부담하기로 하여, 대법관의 일치된 의견으로 주문과 같이 판결한다.

재판장 대법관 이동원

대법관 조희대

주 심 대법관 김재형

대법관 민유숙

10
전공의의 근로자성과 집단행동

　의대 정원을 연 2,000명 증원해 5년간 10,000명의 의사를 추가 배출하겠다는 정부의 방침에 대한의사협회와 대한전공의협회는 결사반대를 외치며 업무거부 및 일괄 사직서를 제출했고, 정부의 업무 복귀 명령에도 응하지 않고 있다.

　역대 정권에서도 의대 정원을 늘리기 위한 시도는 있었고 의사단체의 집단행동에 결국 정부는 백기를 들었지만, 이번 정부에서는 의사 부족으로 인한 국민 건강권 확보를 위해 필요한 정책으로 이들의 집단행동을 불법으로 규정하고 대치하고 있어 귀추가 주목된다.

　전공의는 의료법 제5조에 따른 의사면허를 받은 사람으로서 같은 법 제77조에 따라 전문의자격을 취득하기 위하여 수련받는 사람을 말한다. 즉, 전문의 시험 응시 자격취득을 위한 수련 과정으로 병원의 전공의로 임용되어 병원에서 수립한 진료계획에 따라 주간 근무 중에는 전문의의 지시, 감독을 받고 야간당직 근무 중에는 독자적 판단에 따라 환자들에 대한 치료, 검사, 처방, 집도 등 의료행위를 한다고 한다. 전공의와 관련해서 「전공의의 수련환경 개선 및 지위 향상을 위한 법률」이 있고, 「수련규칙 표준안」등이 있다.

그렇다면 전공의는 근로자로 볼 수 있는가? 그렇다.

관련 판례

사건번호: 대법원 97다57672 선고일자: 1998-4-24

공립병원의 전공의가 그 교과과정에서 정한 환자의 진료 등 수련을 거치는 피교육자적인 지위와 함께 병원에서 정한 진료계획에 따라 근로를 제공하고 그 대가로 임금을 지급받는 근로자로서의 지위를 아울러 가지고 있었고, 병원의 지휘 · 감독 아래 노무를 제공함으로써 병원과의 사이에 실질적인 사용종속관계**가 있었던 경우, 그 전공의는 병원에 대한 관계에서 구 근로기준법**('97.3.13. 법률 제5309호로 제정되기 전의 것) 제14조에 정한 근로자에 해당한다고 할 것이고, 이는 전공의가 지방공무원법이 정한 공무원 자격과 임용절차에 의하여 임용된 공무원이 아니라거나, 병원에서 전공의에 대하여 수련기간 중 마지막 6개월간은 실제 근무를 하지 않고 자율적으로 시험공부를 하도록 하였다고 하더라도 마찬가지다.

사건번호: 대법원 91다27730 선고일자: 1991-11-8

전문의시험 자격취득을 위한 필수적인 수련과정으로 대학병원에 근로를 제공한 수련의의 지위는 병원측의 지휘·감독아래 노무를 제공함으로써 실질적인 사용종속관계가 있다고 할 것이니, 근기법 제14조에 정한 근로자에 해당하고 따라서 법 제28조(현행 제34조)에 정한 퇴직금을 지급해야 한다. 고용계약 체결시에 퇴직금제도를 설정 내지 퇴직금 지급약정이 없다 하더라도 근기법 제14조에 해당하는 근로자라면 특별한 사정이 없는 한 동법 제28조(현행 제34조)에 정한 퇴직금을 청구할 수 있다.

이하 내용은 정치적인 입장을 배제하고, 순전히 노동법적 관점에서 해당 이슈를 고찰한 내용이니 오해 없길 바란다.

대한전공의협회가 「노동조합 및 노동관계 조정법(이하 '노조법'이라 함)」상 노동조합에 해당하는지는 객관적인 정보가 없어 이견이 있을 수 있다. 다만, 단순히 근로자인 전공의가 집단적인 결사체를 이룬 단체라고 하여 노동조합이 되는 것은 아니다. 만약 노동조합이 아닌 단체가 집단행동을 한다면 「헌법」 및 「집회 및 시위에 관한 법률」에 따라 집회와 시위의 자유는 보장되지만, 「노동조합 및 노동관계 조정법상」 정당한 쟁의행위로 볼 수 없어 민·형사상 면책되지 않는다. 따라서 관계 법령 위반 시 불법행위에 대한 민사상 손해 배상 책임, 형사 책임(업무방해, 의료법 위반 등), 행정적 제재(면허정지 등)를 받을 수 있다.

한편, 헌법상 노동조합으로서 단결권의 주체로 인정받기 위해서는 근로자가 주체가 되어 자주적으로 단결하여 근로조건의 유지·개선 기타 근로자의 경제적·사회적 지위의 향상을 도모함을 목적으로 조직하는 단체 또는 연합단체여야 하고, 「노조법」상 노동조합으로 인정받기 위해서는 법상 요건을 갖춰 규약 등을 첨부하여 관할 관청에 노조설립 신고를 해야 한다.

만약, 대한전공의협회가 노조의 실질적 요건을 갖춘 헌법상 노조로 볼 수 있거나 「노조법」상 노동조합으로 볼 수 있다면 정당한 쟁의행위에 대해서는 민·형사상 면책받을 수 있다.

그렇다면 전공의노조가(헌법상 노조 또는 노조법상 노조로 가정) 정부의 의대 정원 확대 정책에 반대해 집단행동을 한다면 정당한 쟁의행위로 볼 수 있을까? 쟁의행위의 구체적인 사실관계에 따라 달라질 수 있다. 쟁의행위가 정당하려면 쟁의행위의 주체, 목적, 수단 및 방법, 절차 등을 종합적으로 고려해야 한다. 한편, 전공의의 집단 사직서 제출행위를 개개인의 직업선택의 자유 또는 이직의 자유 측면에서 바라볼 수는 없다. 왜냐하면 집단 사직서 제출은 업무 저해성을 내포하고 있고, 이를 통해 정부의 정책에 항의하고 정부의 정책 변화를 유도하기 위한 집단적 의사 표출 및 집단행동이기 때문이다.

결국 이 문제는 국민의 건강권, 의사라는 직업군의 상대적 생존권, 의료 교육정책 등 여러 가지 요소를 복합적으로 검토해야 할 정치적 사안이다. 다만, 노동법적 측면에서만 바라보면 ① 근로자인 전공의로 구성된 노조가 ② 정부의 교육정책에 항의하기 위한 목적으로 ③ 집단적 사직서 제출 방법으로 ④ 병원의 업무를 저해하는 결과를 초래했으므로 정당성을 인정받기 어렵다고 본다.

국민의 한 사람으로서 국민의 건강을 두고 정부와 하나의 직역 단체가 싸우고 있는 모습이 한편으로는 이상하고, 또 한편으로는 슬프며, 다른 한편으로는 대단해 보인다.

관련 판례

사건번호 : 대법 2004두10852, 선고일자 : 2005-04-29

1. 근로자의 쟁의행위가 적법하기 위하여는, 첫째 그 주체가 단체교섭의 주체로 될 수 있는 자이어야 하고, 둘째 그 목적이 근로조건의 향상을 위한 노사간의 자치적 교

섭을 조성하는 데에 있어야 하며, 셋째 사용자가 근로자의 근로조건 개선에 관한 구체적인 요구에 대하여 단체교섭을 거부하였을 때 개시하되 특별한 사정이 없는 한 조합원의 찬성결정 등 법령이 규정한 절차를 거쳐야 하고, 넷째 그 수단과 방법이 사용자의 재산권과 조화를 이루어야 함은 물론 폭력의 행사에 해당되지 아니하여야 한다는 여러 조건을 모두 구비하여야 할 것인바, 정리해고나 사업조직의 통폐합, 공기업의 민영화 등 기업의 구조조정의 실시 여부는 경영주체에 의한 고도의 경영상 결단에 속하는 사항으로서 이는 원칙적으로 단체교섭의 대상이 될 수 없고, 그것이 긴박한 경영상의 필요나 합리적인 이유 없이 불순한 의도로 추진되는 등의 특별한 사정이 없는 한, 노동조합이 실질적으로 그 실시 자체를 반대하기 위하여 쟁의행위에 나아간다면, 비록 그 실시로 인하여 근로자들의 지위나 근로조건의 변경이 필연적으로 수반된다 하더라도 그 쟁의행위는 목적의 정당성을 인정할 수 없는 것이며, 쟁의행위에서 추구되는 목적이 여러 가지이고 그 중 일부가 정당하지 못한 경우에는 주된 목적 내지 진정한 목적의 당부에 의하여 그 쟁의목적의 당부를 판단하여야 할 것이고, 부당한 요구사항을 제외하였다면 쟁의행위를 하지 않았을 것이라고 인정되는 경우에는 그 쟁의행위 전체가 정당성을 갖지 못한다고 보아야 한다.

2. **비록** 철도청 소속 근로자의 근로조건개선도 철도노조가 총파업이라는 쟁의행위에 이르게 된 주요한 원인의 하나가 되었다고 하더라도 그 주된 목적은 철도 민영화정책을 반대하고 그 정책의 철회를 요구하기 위한 대정부 투쟁에 있다고 보여지고, 철도노조가 주요 요구사항 중 하나인 철도민영화의 철회문제를 제외하였다면 위 쟁의행위를 하지 않았을 것이라고 인정된다고 봄이 상당하므로 결국 위 쟁의행위는 그 목적에 있어 정당성을 상실하여 쟁의행위 전체가 정당성을 갖지 못한다고 할 것이다.

11

직장 내 괴롭힘과 직장 내 성희롱

직장 내 괴롭힘과 직장 내 성희롱은 쌍둥이다.

발생 원인이 모두 직장 내 힘의 불균형에서 기인하는데 권력, 지위, 신분 등의 우위를 바탕으로 파워가 센 '갑'이 힘이 약한 '을'을 상대로 괴롭히는 것이다.

가해행위 하나가 직장 내 괴롭힘과 직장 내 성희롱 모두에 해당할 수 있고, 직장 내 괴롭힘 또는 직장 내 성희롱을 신고했음을 이유로 불이익한 처분을 한 경우 3년 이하의 징역 또는 3천만 원 이하의 벌금형에 처할 수 있다.

한편, 직장 내 괴롭힘은 가해자에 대한 직접적인 처벌 규정은 사업주(사업주의 배우자, 4촌 이내의 혈족, 4촌 이내의 인척 포함 / 1천만 원 이하의 과태료) 외에는 없지만, 회사 자체적인 조사를 통해 직장 내 괴롭힘 행위가 맞다고 판단되면 가해자에

대한 징계 조치를 하도록 규정하고 있다. (위반 시 500만 원 이하의 과태료)

반면, 직장 내 성희롱 역시 가해자에 대한 처벌 규정은 사업주(1천만 원 이하의 과태료) 외에는 없지만, 사업주가 조사 결과 직장 내 성희롱 발생 사실이 확인된 때에는 피해 근로자가 요청했음에도 불구하고 근무 장소의 변경, 배치전환, 유급휴가 명령 등 적절한 조치를 하지 않거나(위반 시 500만 원 이하의 과태료), 성희롱 발생 사실을 신고한 근로자 및 피해 근로자 등에게 불리한 처우를 한 경우(3년 이하의 징역 또는 3천만 원 이하의 벌금), **그날로부터 6개월 이내에 사업장을 관할하는 노동위원회에 시정신청을 할 수 있다.**

관련 판례

사건번호: 대법 2020다270503, 선고일자: 2021-11-25

【요 지】1. 성희롱이란 업무, 고용, 그 밖의 관계에서 국가

기관·지방자치단체, 각급 학교, 공직유관단체 등 공공단체의 종사자, 직장의 사업주·상급자 또는 근로자가 지위를 이용하거나 업무 등과 관련하여 성적 언동 또는 성적 요구 등으로 상대방에게 성적 굴욕감이나 혐오감을 느끼게 하는 행위 또는 상대방이 성적 언동 또는 요구 등에 따르지 아니한다는 이유로 불이익을 주거나 그에 따르는 것을 조건으로 이익 공여의 의사표시를 하는 행위를 하는 것을 말한다. 여기에서 '성적 언동'이란, 남녀 간의 육체적 관계나 남성 또는 여성의 신체적 특징과 관련된 육체적, 언어적, 시각적 행위로서 사회공동체의 건전한 상식과 관행에 비추어 볼 때, 객관적으로 상대방과 같은 처지에 있는 일반적이고도 평균적인 사람으로 하여금 성적 굴욕감이나 혐오감을 느끼게 할 수 있는 행위를 의미한다. 또 이러한 지위에 있는 사람이 직장에서의 지위 또는 관계 등의 우위를 이용하여 업무상 적정범위를 넘어 다른 근로자에게 신체적·정신적 고통을 주거나 근무환경을 악화시켰다면, 이는 위법한 '직장 내 괴롭힘'으로서 피해 근로자에 대한 민사상 불법행위책임의 원인이 된다.

2. 원고는 후원회의 계약직 직원이고 피고는 후원회의

이사로서, 피고가 원고에게 행한 이 사건 자선행사 당일 골프장 클럽하우스 내 VIP룸에서의 신체적 성희롱, 원고의 몸을 위아래로 훑어보며 원고에게 "너는 피부가 하얗다. 몸매가 빼빼 말랐었는데, 요즘은 살이 쪘다.", "네 다리가 가늘고 새하얗다. 화이트닝 크림을 바르냐? 몸에 잔털을 쉐이빙하냐?", "너 요즘 남자친구가 생겼냐? 왜 이렇게 살이 쪘냐? 일도 제대로 안하고 정신은 다른 데 팔려있지."라는 등으로 말한 언어적 성희롱, 원고에게 회초리를 맞아야 한다며 원고로 하여금 원고를 칠 회초리로 쓸 나뭇가지를 구해오도록 하고, 원고가 구해온 나뭇가지를 부러뜨려 부러진 나뭇가지로 원고의 엉덩이를 폭행하였으며, 원고의 어깨를 밀치는 등의 직장 내 괴롭힘, 원고를 상습적으로 모욕한 직장 내 괴롭힘 등은 고용 관계에서 직장의 상급자인 피고가 그 지위를 이용하여 업무상 적정범위를 넘어 근로자인 원고에게 신체적·정신적 고통을 준 '직장 내 괴롭힘'이자 그 지위를 이용하여 여성인 원고의 신체적 특징이나 남녀 간의 육체적 관계와 관련된 육체적·언어적 행위로서 원고에게 성적 굴욕감이나 혐오감을 느끼게 하는 성희롱에 해당하고, 따라서 원고에 대한 민사상 불법행위책임의 원인이 될 수 있다.

근로기준법 제76조의2(직장 내 괴롭힘의 금지)

사용자 또는 근로자는 직장에서의 지위 또는 관계 등의 우위를 이용하여 업무상 적정범위를 넘어 다른 근로자에게 신체적·정신적 고통을 주거나 근무환경을 악화시키는 행위를 하여서는 아니 된다.

근로기준법 제76조의3(직장 내 괴롭힘 발생 시 조치)

① 누구든지 직장 내 괴롭힘 발생 사실을 알게 된 경우 그 사실을 사용자에게 신고할 수 있다.

② 사용자는 제1항에 따른 신고를 접수하거나 직장 내 괴롭힘 발생 사실을 인지한 경우에는 지체 없이 당사자 등을 대상으로 그 사실 확인을 위하여 객관적으로 조사를 실시 하여야 한다.

③ 사용자는 제2항에 따른 조사 기간 동안 직장 내 괴롭힘과 관련하여 피해를 입은 근로자 또는 피해를 입었다고

주장하는 근로자(이하 '피해근로자등'이라 한다)를 보호하기 위하여 필요한 경우 해당 피해근로자등에 대하여 근무장소의 변경, 유급휴가 명령 등 적절한 조치를 하여야한다. 이 경우 사용자는 피해근로자등의 의사에 반하는 조치를 하여서는 아니 된다.

④ 사용자는 제2항에 따른 조사 결과 직장 내 괴롭힘 발생 사실이 확인된 때에는 피해근로자가 요청하면 근무장소의 변경, 배치전환, 유급휴가 명령 등 적절한 조치를 하여야 한다.

⑤ 사용자는 제2항에 따른 조사 결과 직장 내 괴롭힘 발생 사실이 확인된 때에는 지체 없이 행위자에 대하여 징계, 근무장소의 변경 등 필요한 조치를 하여야 한다. 이 경우 사용자는 징계 등의 조치를 하기 전에 그 조치에 대하여 피해근로자의 의견을 들어야 한다.

⑥ 사용자는 직장 내 괴롭힘 발생 사실을 신고한 근로자 및 피해근로자등에게 해고나 그 밖의 불리한 처우를 하여서는 아니 된다.

⑦ 제2항에 따라 직장 내 괴롭힘 발생 사실을 조사한 사람, 조사 내용을 보고받은 사람 및 그 밖에 조사 과정에 참여

한 사람은 해당 조사 과정에서 알게 된 비밀을 피해근로자등의 의사에 반하여 다른 사람에게 누설하여서는 아니 된다. 다만, 조사와 관련된 내용을 사용자에게 보고하거나 관계 기관의 요청에 따라 필요한 정보를 제공하는 경우는 제외한다.

12

사직 의사 철회와 해고

사직은 근로자가 근로계약 관계를 종료하고자 하는 의사표
시를 말하고, 사직서는 회사에서 수리하면 그날 근로계약 관
계는 종료하지만, 회사가 사직서를 수리하지 않으면 민법 제
660조에 따라 기간으로 보수를 정한 때에는 상대방이 해지의
통고를 받은 당기 후 1기가 지나면 해지의 효력이 생긴다.

즉, 월급제 근로자의 경우 당월에 사직의 의사표시를 했으
면 회사가 사직서를 수리하지 않으면 다음 달 말일에 사직의
효과가 발생하는 것이다. 따라서 사직서 수리 전 또는 사직
의 효과가 발생하기 전에 퇴사하는 경우 그와 인과관계 있는
손해에 대해서 손해배상청구 소송을 당할 수 있으므로 유의
해야 한다.

한편, 해고는 사용자가 근로계약 관계를 종료시키는 일방

적 의사표시이며, 근로기준법 제23조에 따라 정당한 사유가 없으면 해고할 수 없다. 또한 30일 전에 해고예고를 해야 하며, 해고사유와 시기를 서면으로 통보해야 한다. 다만, 해고예고 여부가 해고의 정당성 판단에 영향을 주지는 않는다. 즉, 해고예고와 해고의 정당성은 별개의 문제이다. 하지만, 해고예고를 하지 않으면 사용자는 처벌 대상이 된다. (위반 시 2년 이하의 징역 또는 2천만 원 이하의 벌금)

일반적으로 해고의 정당성 판단에는 해고 사유의 정당성, 절차의 정당성, 그리고 징계양정의 정당성을 갖춰야 한다. 부당해고를 당한 근로자는 사업장을 관할하는 **노동위원회에 부당해고일부터 3개월 이내에 구제신청을 할 수 있다.** 해고의 정당한 사유는 근로계약 관계를 지속할 수 없을 정도로 근로자의 귀책 사유가 있는 경우로 구체적인 사안에 따라 달라진다.

관련 법령

근로기준법 제23조(해고 등의 제한)

① 사용자는 근로자에게 정당한 이유 없이 해고, 휴직, 정

직, 전직, 감봉, 그 밖의 징벌(懲罰)(이하 '부당해고등'이라
한다)을 하지 못한다.

② 사용자는 근로자가 업무상 부상 또는 질병의 요양을 위
하여 휴업한 기간과 그 후 30일 동안 또는 산전(産前)·
산후(産後)의 여성이 이 법에 따라 휴업한 기간과 그 후
30일 동안은 해고하지 못한다. 다만, 사용자가 제84조
에 따라 일시보상을 하였을 경우 또는 사업을 계속할 수
없게 된 경우에는 그러하지 아니하다.

제26조(해고의 예고)

사용자는 근로자를 해고(경영상 이유에 의한 해고를 포함한다)
하려면 적어도 30일 전에 예고를 하여야 하고, 30일 전에
예고를 하지 아니하였을 때에는 30일분 이상의 통상임금
을 지급하여야 한다. 다만, 다음 각 호의 어느 하나에 해당
하는 경우에는 그러하지 아니하다.

1. 근로자가 계속 근로한 기간이 3개월 미만인 경우
2. 천재·사변, 그 밖의 부득이한 사유로 사업을 계속하는
   것이 불가능한 경우
3. 근로자가 고의로 사업에 막대한 지장을 초래하거나 재

산상 손해를 끼친 경우로서 고용노동부령으로 정하는
사유에 해당하는 경우

제27조(해고사유 등의 서면통지)

① 사용자는 근로자를 해고하려면 해고사유와 해고시기를
서면으로 통지하여야 한다.

② 근로자에 대한 해고는 제1항에 따라 서면으로 통지하여
야 효력이 있다.

③ 사용자가 제26조에 따른 해고의 예고를 해고사유와 해
고시기를 명시하여 서면으로 한 경우에는 제1항에 따른
통지를 한 것으로 본다.

제28조(부당해고등의 구제신청)

① 사용자가 근로자에게 부당해고등을 하면 근로자는 노동
위원회에 구제를 신청할 수 있다.

② 제1항에 따른 구제신청은 부당해고등이 있었던 날부터
3개월 이내에 하여야 한다.

아래 사안은 동료 근로자와 오해가 있어 사직서를 제출했다가 유효하게 사직 의사를 철회한 근로자에 대해서 회사가 일방적으로 퇴사 처리한 실제 사건을 저자가 권리구제대리인 노무사로서 사건을 배정받아 대리한 신청인(근로자 측)의 부당해고 이유서 내용 중 일부를 발췌한 것이다.

본 사건은 신청인과 피신청인(사용자, 회사 측)의 화해(금전 보상)로 종결되었다. 만약, 근로자를 해고하려고 하는 회사나 해고를 당한 근로자는 노무사의 법률 검토를 받아 충분히 검토한 후 절차를 진행하는 게 필요하다.

참고 자료

※ 부당해고 구제신청 이유서 중 일부 발췌

1. 유효한 사직 의사 철회

① 신청인은 사적인 영역과 관련해 ○○○와 계속된 오해 등으로 너무 힘들어 감정이 극해져서 ○○년 ○○월말까지 근무하겠다는 사직 의사를 ○○○에게 구두로 전

달 하였으나, 이틀 뒤인 ○○년 ○○월 ○○일 사직 의
사를 철회하였고, 피신청인도 이를 수락했습니다.

*노 제1호 증. 녹취록 (피신청인과 통화내용 3~11page 등)

② 신청인은 사직 의사를 표한 지 불과 2일 만에 사직 의사
를 철회하였고, 피신청인의 승낙 의사가 형성되어 확정
적으로 근로계약 종료의 효과가 발생하였다고 볼 수도
없으며, 사직 예정 일자도 50여 일 이나 남아 사직 의사
철회로 인해 불측의 손해를 입은 바 없었기 때문에 피신
청인은 사직 의사 철회를 수락했고, 따라서 사직 의사는
유효하게 철회되었습니다.

③ 판례도, 근로자가 사직원을 제출하여 근로계약관계의
해지를 청약하는 경우 그에 대한 사용자의 승낙 의사가
형성되어 그 승낙의 의사표시가 근로자에게 도달하기
이전에는 그 의사표시를 철회할 수 있고, 다만 근로자의
사직 의사표시 철회가 사용자에게 예측할 수 없는 손해
를 주는 등 신의칙에 반한다고 인정되는 특별한 사정이
있는 경우에 한하여 그 철회가 허용되지 않는다 할 것이

라고 판시하고 있습니다.

① 사직 의사가 유효하게 철회된 이후, 동료들과 함께 근
무하기 어렵다는 등의 이유 등을 들어 퇴사 일정을 ○
○.○○.○○.로 확정하고, 신청인을 일방적으로 퇴사
처리함으로써 이는 실질적으로 해고에 해당합니다.

　* 노 제2호 증. 카카오톡 메시지 (피신청인과 메시지)

② 재결례도 사직서 수리일이 철회 의사표시 이후인 점 등
을 종합해 볼 때, 사직의 의사가 유효하게 철회되었음에
도 사직서를 수리한 것으로 해고에 해당하고, 사용자가
해고의 정당한 사유에 대해 소명하지 못하고 있으며 인
사위원회 개최 등 취업규칙에서 정한 소정의 절차도 거
치지 아니하였으므로 이 사건 해고는 부당한 해고라고
판시하고 있습니다.

③ 피신청인이 퇴사 처리의 사유로 제시하고 있는 ○○의

업무방해와 동료들을 의심하고 누명을 씌우는 억울함, 지시 불복종 등은 사실과 다르며, 이에 터잡아 퇴사 처리를 했다면 해고 사유의 정당성 여부 즉, 근로계약을 지속할 수 없을 정도의 신청인의 귀책 사유가 있는지에 대한 심리를 위해 내부 징계 절차를 거쳤어야 합니다.

3. 해고서면 통지 절차 위반으로 해고 무효

유효한 사직 의사 철회 이후 피신청인의 사직 처리는 해고에 해당하고, 피신청인은 근로기준법 제27조에 의거 해고의 사유 및 시기를 서면으로 통지하지 않았으므로 해고 사유의 정당성 여부를 살펴볼 필요도 없이 피신청인이 ○○.○○.○○.자로 행한 해고는 무효입니다. 끝.

입 증 방 법

1. 노 제1호 증 : 녹취록 (피신청인과 통화)
2. 노 제2호 증 : 카카오톡 메시지 (피신청인과 메시지)

1. 위 입증방법 각 1부

2. 위임장 사본 1부

...

신청인 ○○○

위 대리인 노무법인 ○○○○

담당 공인노무사 조 영 구 (인)

작년 연말 경향신문 지면 광고를 통해 알게 된 강원국 작가님의 '나만의 첫 책쓰기'라는 강의(zoom 강의 4회, 현장 강의 1회)를 올해 1월 초부터 2월 초까지 수강한 적이 있다. 글쓰기에 관심은 있었지만, 내 책을 쓴다는 것에 두려움이 있었다. 하지만, 작가님의 유쾌하고 실무적인 강의가 큰 도움이 됐고, 용기를 내 나의 경험을 토대로 한 책을 써 보기로 결심했다.

사실 나는 부족한 부분이 많은 사람이다. 철이 없고 관계에 서툴러 실수도 많이 했고, 살아오면서 알게 모르게 남들에게 상처 준 일도 많았을 것이다. 이 글을 통해서 진심으로 사과드린다.

나는 훌륭한 어머니 밑에서 자랐지만, 왠지 자신감이 부족하고 우울한 학창 시절을 보냈다. 또한 오랜 불안에 시달리면서 그 증상을 제대로 인식하지 못해 적절히 치료받지 못했고, 힘겨운 이십 대 후반에서 사십 대 초반 시기를 보냈다.

그러다 민 수경, 오 원장, 신호 형, 동기 노무사, 제이민 등 귀인을 만나면서 나의 인생이 달라졌다.

대학교를 갓 졸업한 이십 대 후반의 초짜 노무사가 객지에서 살아남기 위해 방황하고, 넘어졌지만 또 일어섰다. 그럴 수 있었던 것은 주위에 나를 챙겨 줬던 소중한 친구, 동기 등의 지인이 있었고, 나의 상태를 제대로 진단하고 치료해 준 명의를 찾았기 때문이다.

우리는 완벽한 존재가 아니고, 또 완벽할 수도 없다. 가끔 실수도 하고, 넘어지기도 한다. 힘든 일은 주변에 알려서 도움을 청하고, 상대방의 도움을 받을 용기와 때론 상대방을 미워할 용기도 필요하다. 또한 모든 사람과 친하게 지낼 수는 없고, 나와 코드가 안 맞는 사람도 있다는 사실을 인정하자.

나는 2007년 이십 대 후반의 어린 나이에 노무사 시험에 합격했지만, 나보다 늦게 합격한 스터디 동기나 다른 시험에 늦게 합격한 대학교 동기들보다 오히려 더 오랜 시간 방황을 했다. 굳이 비교하자면(비교할 필요도 없지만) 현재 그들보다 훨씬 자리를 잡지 못했다.

하지만 인생은 마라톤이고, 미래는 알 수 없다.

누가 빨리 합격하고, 지금 누가 돈을 얼마 버는지가 중요한 게 아니다. 과학과 의학 기술의 발달로 생존 연령은 계속 늘어날 것이고, 일해야 하는 시간은 더 길어질 것이며, 사회는 더욱 급격히 변화할 것이다. 여기에 분명히 새로운 기회가 있을 것이다.

따라서 과거가 아닌 지금 그리고 앞으로 어떻게 살아갈 것인지 목표와 방향을 잘 설정하고, 오늘을 열심히 살아가는 게 중요하다. 나는 중고차를 타고, 9평 오피스텔에서 월세로 살고 있다. 연봉은 혼자 먹고 살 정도로 벌고 있지만, 저축해 둔 돈은 거의 없다. 또한 고정급이 정해져 있지 않기 때문에 월수입이 변동적이고, 미래의 수입 또한 알 수 없다. So What?

안정적으로 살고 싶지만, 그 안정은 손에 잡히는 게 아닐 뿐만 아니라 시간이 필요하다. 조급해하지 않고 큰 그림을 그려 놓고 그냥 오늘을 살아가는 것이 내가 할 수 있는 최선의 일이다. 그러다 보면 언젠가 안정이란 기분을 느낄 수 있지 않을까?

대부분의 문제 해결은 어떤 사안을 바라보는 태도의 변화, 즉 마음먹기에 달렸다. 일체유심조(一切唯心造)란 말도 있지 않은가?

독자 여러분에게 내 경험이 조금이나마 위안이 되고, 여러분 일상에 도움이 되었길 바란다.

끝으로, 이 책이 나올 수 있도록 많은 도움을 주신 이예나 편집자님과 미다스북스 임직원 여러분께 진심으로 감사드린다. 또한 좋은 의견을 주신 정용훈 · 장선정 노무사님과 노무법인 희망나눔 식구들, 엑스코아㈜ 김병하 대표님, 그리고 문종의 · 박후용 · 김형채 · 이성희 · 육성영 노무사님과 강선호 부장님께 고마움을 전한다.

사랑하는 우태임 여사님의 만수무강을 기원하며 이 책을 바칩니다.